AF449558

2

MUERTO DESPUÉS DE MUERTO

MUERTO DESPUÉS DE MUERTO
© 2022, Francisco Javier González Cárdenas

Diseño editorial: Francisco Javier González Cárdenas.
Diseño de portada: Francisco Javier González Cárdenas.
Imágenes de portada y contraportada: Zilvan Vargsson.
Tercera edición: 2022.
ISBN: 978-607-29-3855-7.

Contenido

8

Muertos, aún morimos.
Ricardo Reis

MUERTO DESPUÉS DE MUERTO

Xavier G

MUERTO DESPUÉS DE MUERTO

Si osarios y tumbas nos devuelven /
a los muertos, ya no habrá más panteones...
William Shakespeare

Y vendrá la inmensa, la descomunal,
la infinita revolución de los muertos.
Francisco Tario

In my beginning is my end.

T.S. Eliot

Xavier G

Capítulo 1
Pasito de la traición

El hombre se come al hombre. Se come no para matar, sino pa´ disfrutar al enemigo. Por eso dejé de existir. Abandoné la vida violentamente, sin lágrimas, pero con mucho odio y fuego, o sea, a fuskazos, que es como uno se abre paso en la vida hasta dar con la muerte.

Más tarde, por obra del espíritu que habita la Selva del Cielo, me convertí en un Reparado.

Pero el antes era el antes y yo aún no sabía nada de reparaciones porque estaba muerto y, además, desmemoriado. El principio de mí mismo —o sea, el de esta historia- es cuando yo estaba muerto, de veras tieso como el miembro de un pornoestrella. Pero no me hice humo ni ceniza, me hice realidad: iba ebrio de postvida hacia el cielo de los caídos.

Hacían falta todos los trámites, por ejemplo, una misa de cuerpo presente. Me habría gustado ver a unos cuantos feligreses mordiendo el cuerpo de Cristo. Envidio a los católicos ese rito que les permite canibalizar al hijo de dios y a otros más que, nomás de olerlos con olfato Reparado, se sabe si ya están en edad de amuertecer.

Nadie fue a identificarme al Almacén de Muertos, a pesar de que me habían chingado por la espalda. Solo así me doblegan, madrugándome, a güevo. De frente, ¡¿cuándo?! Esa vez nos agarraron descuidados, en la cima de un edificio, a punto de despegar con los paquetes. El pedo fue que nuestro helicóptero, el Mosco, llegó retrasado, y con otra nave tras su cola, queriéndoselo coger por Detroit, así suelen hacerlo los pinches Vesusquis, como les decimos de cariño a los Vendedores de Sustancias Químicas.

Me dije: pa´ qué hacerla de tos ante lo inevitable, y ordené la retirada de nuestro heli. Me quedé con el Corona, el Tícher y el Gonzo Pilato.

Corrimos hacia el techo del edificio contiguo y abrimos fuego, pero el helicóptero Vesusqui también nos roció de balas con una ametralladora marca Tremendona y tuvimos que escabullirnos como animales hacia las orillas de la terraza. Nos resguardamos en un desnivel del techo y esperamos a que el ave enemiga descendiera para iluminarla a balazos, ¿pero quién iba a decir que el Mocol era el traidor? ¿Cómo iba yo a saber que vendió sus nalgas a los Vesusquis a cambio de que Plutarco Galván sacara a su hermano, el Cochul, del Penal Transparente? En ese momento era imposible. Es difícil saber cuándo y dónde se avecina una traición, a menos que antes se le dé una visitada a Chona Sabina, quien puede averiguar cualquier cosa a través de sus trances yerbísticos.

Lo bueno es que el cadáver del ayer ya está enterrado en el pasado. Aquella vez me chingaron por la espalda, pero otro día resucité y pude retomar el camino, atorado entre la media-vida y la media-muerte. Entonces pedí a Filemón Turbado que me compusiera una rolita con el título de *Pasito de la traición*:

> Dispárame por la espalda
> El miedo te hará perder
> Tus fuskazos son de salva
> Nunca me verás caer

Capítulo 2
Antes del principio-precipicio

Antes del principio yo estaba vivo, es decir, no estaba legañoso, ni mi cuerpo tenía agujeros y carne seca, ni mi corazón andaba tan destartalado, ni mi cerebro desconectado de la Intravida, la sustancia que cose sensaciones y memorias al cuerpo al que pertenecieron.

Antes del principio no recuerdo nada. La Chichiolina, Socia de mi Clan, me lo contó todo mientras me hipnotizaba con el temblor de sus tetas. Sus chichis palpitaban cuando algo la entusiasmaba, o cada vez que daba un informe de bajas del Clan Glauco.

Dijo que nunca pude ver lo cerca que estaba yo del precipicio porque su orilla estaba a mis espaldas.

— Te esperé, Gabriel —dijo la Chichiolina, señalándome con las tetas rematadas en puntas de proyectil–, esperé a que se fueran los Vesusquis de Plutarco, pero en chinga llegaron los recoge-muertos y echaron los cuerpos al Camión de los Caídos. Ya no pude rescatarte con toda la tira y los militares encima.

La Chichiolina no paró hasta escupir todo el asunto. Aunque creo haberme perdido fragmentos de lo sucedido porque, a cada palabra suya, me salpicaba el ojo de saliva, el único ojo que me dejaron bueno. Mas un solo ojo le basta a Gabriel Villa para vengar su propia muerte. Como decía, la Chichiolina escupe mucho cuando habla y así es difícil seguir el hilo de sus decires, luego sus tetas brillan de tanta saliva que les cae encima, como capa de barniz que abrillanta maderas selectas. Me contó cómo asesinaron a la Chula Estrada, mi compañera fiel, y hasta me mostró la grabación donde se ve cómo la descontaron a Tierrafértil, Señora del Más Allá de la Vida, sorrajándole toda clase de torturas, desmembrándola poco a poco, por órdenes de Plutarco Galván.

La Chichi me contó cómo rescataron mi cuerpo, al igual que los del Tícher, el Gonzo Pilato y el Corona Esteroides. Ordenó a su cuadrilla que trajeran hartas armas y municiones. Luego tomó el camión blindado y lo condujo al Almacén de Cuerpos. Atravesó el enrejado, tumbó muros, apachurró polizontes. Se detuvo de sopetón ante el jardín que obstaculizaba el paso hacia el Almacén, pues se sabe que lo verde perdura y no perdona si se le destruye. La naturaleza es sabia. Es lo que he dicho a los polizontes y a los altos mandos del gobierno: que no quemen la Glauca porque la Glauca no perdona ultrajes.

El espíritu de la yerba es puro, no admite quemas ni alteraciones, como las que hacen los Vesusquis con todo lo que encuentran. A cualquier yerba le añaden sustancias, la alteran con tal de potenciar su intensidad, y eso es insultar lo sagrado.

Los hombres de la Chichiolina bajaron del camión. Cruzaron el pasillo hasta el cuarto donde encierran los cadáveres recién inventados. Dos polizontes dispararon contra ellos, pero la Chichi extrajo la granada Relámpago que ciega y ensordece al que esté dentro de un radio de treinta metros. La cuadrilla y su lideresa usaban cascos especiales que los inmunizaban contra los efectos de la Relámpago y, en cambio, a los polizontes los ponía patas pa´ arriba o, de plano, los hacía retorcerse de dolor en cualquier piso, ya fuera gubernamental o privado.

— El gobierno tá con los Vesusquis –cantó la Chichiolina–, si no, ¿cómo se explica que lueguito apareció el Cinta Negra, el pájaro de Plutarco Galván? Te digo la neta: ya se las olían que iríamos por los cuerpos.

La razón estaba de su lado, pero lo mero bueno vino cuando el Mosco apareció tras el Cinta Negra. El Ciencia Cierta, como le decimos porque tiene el cerebro hinchado de tanto estudiar, piloteaba el Mosco. Franky, el copiloto, tiroteó a la otra nave con la Tararera, mi ametralladora favorita. Siempre le dije a la Chula que si un día me decidía a tener una hija la tendría con ella y se llamaría Tararera Villa, o Tararero, si me salía varón. Pero ya eso no se va a poder, no habrá linaje de Gabriel Villa.

El Franky hizo agujeros en el rotor de cola y el ave enemiga empezó a girar sobre su eje; mas, por desgracia, no cayó como debe caer la mosca atolondrada por el manotazo, en vez de eso se desvió por donde vino. Si el Franky hubiese atinado al rotor principal, o a la barra de estabilización, se los habría cargado la gaver. El Mosco reforzó la operación "Extraemuertos", como la llamó la Chichi, inutilizando a las patrullas que arribaban al lugar. Los Socios pusieron nuestros cadáveres sobre una camilla colectiva y los metieron al camión, que salió dejando una nube de polvo en el Almacén de Muertos, mientras que el Mosco respaldaba la huida con las balas-buscapiés de la Tararera. Hubo hartos destrozos: monos deshilachados, patrullas patas pa' arriba, postes de luz doblados, impotentes como el deseo en la otra vida.

Por fortuna no murió ninguna persona de a de veras, de esas que se extrañan ya deshechas y se lloran en los panteones porque tuvieron una vida ajena a las malandrinadas.

Capítulo 3
Ora sí: el principio

...puesto que muero existo.
Xavier Villaurrutia

Como dije, el pasado está en su tumba. Lo que sigue es el principio-precipicio. Cuando la Chichiolina rescató nuestros cadáveres lo hizo por mí, quizás porque salvé sus tetas en un par de ocasiones. Recuerdo una: estábamos frente al maizal de Puerta Alegre y habíamos colocado trampas a los costados del sembradío.

Llegaron miembros del ejército y nos resguardamos en el maizal. La Chichi y otros cometieron el error de correr hacia los flancos, cayendo, accidentalmente, en nuestros propios agujeros, creados para atrapar cerdomilicianos.

Entonces di la orden de que trajeran la Plancha, una placa de poderoso blindaje, con agujeros protegidos por donde podíamos disparar a gusto.

El problema de la Plancha era su peso, solo podía ser trasladada por cuatro hombres. Me resguardé tras ella con otros tres Socios y desconchinflé a tres soldados en la primera avanzada. El Gonzo Pilato también hizo de las suyas, agujereando a otros tres.

– Máster Villa –gritó el Gonzo–, están preparando un lanzagranadas. Si no retrocedemos, nos descuartizan.

– Nadie retrocede –indiqué–, el Clan no abandona a su gente.

Pa´ pronto asomé la punta de la metralleta por encima de la Plancha. Me desconté al que metía las granadas en la máquina, lo que nos dio tiempo de avanzar más rápido hasta dar con el agujero donde la Chichiolina y otros dos Socios yacían heridos. El Corona Esteroide se encargó de extraerlos, pues le llaman el Esteroide por lo mamado que está, como si en vez de conejos tuviera toros en los brazos. De ahí le nació la lealtad a la Chichiolina. Tenía una deuda con su servidor, el Jefe del Clan Glauco. Por eso nos sacó del Almacén de Cuerpos y, más tarde, nos trasladó a la cabaña de Chona Sabina, la hechicera que ahonda en las dualidades del hombre y platica con los corazones curativos de las yerbas. Chona Sabina vive en lo más profundo de Selva del Cielo, una selva que antes ni era selva, según cuentan los Plañideros, escritores y artistas que fungen como oráculos del gobierno y los Vesusquis, los cuales son casi la misma cosa, pues están más coludidos que el trago y el cantinero.

Selva del Cielo era una zona rocosa y deshabitada, rica en rumores fantasmales y laberintos de piedra. Estaba cubierta por rocas verdosas, de extraña composición, según dicen, eructos de lava de los volcanes del Océano Pacífico. Un día, milagrosamente, surgieron los primeros brotes de plantas y, años después, cientos de árboles que se habían gestado entre las secreciones lúbricas de la subtierra desmadraron a las piedras mismas, pulverizándolas y convirtiéndolas en abono para la multiplicación de la Glauca, la yerba sagrada, la planta más querida y querendona de todo el orbe.

Fuimos transportados a la residencia de Chona en vehículos todoterreno, ya que ningún helicóptero puede penetrar la espesura de la Selva del Cielo. Allí nos dejaron como muñecos destripados pa´ que nos rellenara y recosiera Mamá Hechicera: así le decimos a Chona por el amor que le debemos los miembros del Clan Glauco. Con Chona todo, sin Chona, nada, dado que ella me enseñó desde chico las bondades de la Glauca.

Me acuerdo bien de mi "Reparación", como le llama Chona Sabina: no es como una intervención quirúrgica en los que uno solo recuerda cachos de conversaciones de doctores y enfermeros, episodios en los que la conciencia adormecida logra pepenar una que otra frase dicha en el hospital o en la habitación en que se yace.

Con la "Reparación" uno sí recuerda todo, pues la muerte comienza a ascender por los ramajes internos del cuerpo y distribuye su savia entre los distintos miembros y órganos, incluido el cerebro; luego circula un líquido, llamado "Intravida", que recorre la espina dorsal y entra en los huesos, revigorizándolos con un extraño poder metálico, como si en vez de calcio una capa de acero cubriera el esqueleto enterito.

Desperté metido dentro del Cantárido, árbol sagrado que canta por las noches y, según las lenguas Plañideras, es el árbol del que nacieron los tecolotes, en el inicio de los tiempos de alada sabiduría.

El sol disparaba sobre mi cara y sentí el cuerpo entumecido. Saqué una mano y la corteza que me contenía empezó a resquebrajarse como hojuela de maíz. Salí de ahí, como la mariposa sale del capullo, y noté que mis movimientos eran lentos.

Chona Sabina explicó que la lentitud no era para siempre, y que esta solo se debía a que la muerte me daba una segunda oportunidad, pues la primera ya se me había ido, o sea, la oportunidad que brinda la vida. Explicó también que la vida y la muerte se echan la mano, de vez en cuando, para procurar al alma un nuevo encuentro con el cuerpo.

A los costados de mi morada resucitadora estaban otros tres Cantáridos. De uno de ellos asomaba el rostro y músculos taurinos del Corona Esteroide; del otro sobresalía la cara del Tícher, y en el tercero apenas se entreveían los duros rasgos faciales del Gonzo Pilato. Me acordé de Jesucristo y sus discípulos. Ya el Tícher me había instruido en el conocimiento de la Biblia, pues dice que es un libro fundamental, de esos que le enseñan a uno las barbaridades y virtudes del ser humano.

Por eso ayudé al Tícher, al Gonzo y al Corona a salir de ahí, viendo que teníamos un chingamadral de broncas pendientes. Recordábamos perfectamente cómo habíamos ido a parar dentro de aquéllos Cantáridos. Mamá Hechicera nos fusionó con la corteza, se aseguró de que nuestros pies estuvieran bien plantados pa´ que los cuerpos bebieran las raíces y comieran la tierra con la que se hinchan de vida los árboles y yerbas sagradas de Selva del Cielo.

Antes de enterrarnos nos inyectó en el cráneo la sangre que extrajo del Teporingo, el conejo bendito que reside en las faldas del volcán Fortíssimo Erectus.

Cuando estuvimos en su cabaña Chona Sabina pidió que saliéramos.

Nos congregó en torno a una fogata. Sobre esta colocó el recipiente que contenía el té de Glauca, pidió que nos arrodilláramos y desató su discurso:

– Soy la *titsa* que comparte su luz y alumbra la oscuridad de los otros –dijo Chona Sabina–, soy la niña del corazón de la tierra, hija del latido de las yerbas, amante y esposa de la naturaleza, soy la realidad dual, la realidad aventurada y desventurada, la dama que danza alrededor de la muerte y la vida, la niña de los ojos que ven hacia afuera con las luces de los adentros, la niña de ojos que no miran lo grande pero ven la grandeza, la niña de ojos que no ven acciones pero distinguen pensamientos, la humilde guerrera de la Intravida que influye en las almas de la Extravida.

Como mi pecho era solo una coraza gelatinosa, Chona tomó un puñado de tierra y lo introdujo violentamente en mi corazón; después aplicó la misma dosis terrena a los Socios. Mientras metía mano en la carne mansa de nuestros cuerpos madreados gritaba "sal de la tierra, sal de la vida, sal de la muerte, azúcar del espíritu, polvo sublevado, extrae de ti la materia para reparar el alma de tus hijos y tus hermanos". Así me percaté de que mi cuerpo no respondía igual que antes. No tenía tambores dentro, mi boca sabía a tierra y mi visión era trunca, como la de un cíclope. Mi piel sentía de otra manera. Adormecida, como si aún estuviera bajo tierra, engendraba la misma sensación que uno tiene cuando permanece mucho tiempo en el agua de un lago o una piscina. Era como una marea de tierra que ascendía y descendía por mi esqueleto, como un oleaje de ultratumba.

- No veo igual que antes –dije–, me falla la vista.

- Es porque te hicieron medio titso –dijo Chona–; a tu padre, que en paz descanse, le tumbaron un ojo en una balacera. Las ánimas del pasado influyen en las del presente, la vida de las almas es cíclica. Las almas se trasvasan sustancias históricas, unas a otras, sobre todo si el Reparado tiene muertos que lo esperan en el camposanto. A partir de hoy, tanto tú como tus Socios, no serán más que una bola de Reparados. Demos gracias a los Cantáridos.

Me asombró el comentario de Mamá Hechicera, sobre todo porque ella era titsa de nacimiento: nació titsa y titsa será por el resto de sus días. Pero enseguida recordé que era capaz de percibir más allá de lo visible, y aunque no pudiera ver con los ojos, la titsa podía ver con el telescopio del corazón, con los binoculares de la intuición, con la lupa de la lengua y, sobre todo, con el microscopio de sus dedos, con los cuales aprendió la sabiduría de las yerbas, estudiándolas día y noche, probándolas, amasándolas, desmenuzándolas, hirviéndolas, explorándolas hasta encontrarles la savia curativa del más allá y el más acá. Por eso sentía yerbas y tierra recorriéndome por dentro, sanándome las arterias y todas las líneas por donde corre la sangre. El suero vital del Teporingo reparaba mis órganos y trasvasaba su energía a mis músculos y huesos. Todo gracias a la titsa, a quien se lo agradecí en persona y, aunque no soy malagradecido, debo decir que hubiera preferido dejar de ser yo, estar dos metros bajo tierra, yerto, sin memoria, donde no me llegara ni el olor del sufrimiento que carcomía mi cerebro. Hubiera preferido olvidar la muerte de la Chula Estrada, pero cuando uno se asienta en la realidad de la medio-vida no hay paro que lo desvíe de su honor, nada que lo aborte de sus duelos pendientes. La Chula era una Socia ejemplar y su muerte debía vengarse. Por eso me dije no chingues mañana lo que puedas chingar hoy.

Capítulo 4
Caricia de polvo

Regresamos a la ciudad en vehículos todoterreno. El polvo se alzaba tras nosotros como un hongo gordo y vigoroso, como los que levantan las quemas de Glauca organizadas por el Alcalde y el ejército.

El polvo era una caricia y era, quizás, lo único que sentía, además de las volteretas que daba mi cerebro reparado. Mis bisagras reclamaban su aceitada, pero al llegar al cantón ya pude moverme a mis anchas, haciendo chirriar las coyunturas de los huesos. Las puertas de la mansión se abrieron automáticamente, lo cual quería decir que los Socios seguían operando bien.

Convoqué a todos a una junta a la que acudieron mis macizos: el Gonzo, el Tícher, el Corona, el Ciencia Cierta y la Chichiolina. Nos reunimos en la barra de la sala de juntas. Traía la boca seca, e imaginé que lo mismo pasaba a mis compinches Reparados, así que ordené unos mezcales y, al primer sorbo, tuve ganas de vomitar. Ahora resultaba que Mamá Hechicera me había hecho intolerante al trago. Iba yo a decir "ahora sí estamos jodidos" pero, pa´ ser fiel a la verdad, así hemos estado siempre.

– Gonzo, cambiaremos de Col –ordené–, nos mudaremos a la Base del Norte, porque esta ya está comprometida. Gira las órdenes necesarias para el traslado del equipo y el desmantelamiento de las aulas.

– Claro que sí, mi Jefazo.

– Quiero ver el video –indiqué–, reprodúzcanlo.

La Chichiolina tomó el control remoto y encendió el altomonitor que estaba montado en un muro de la habitación. Ya había visto cientos de videos con torturas realizadas por Vesusquis, con mensajes dirigidos a sus opositores, los cuales, la mayoría de las veces, eran amenazas destinadas a algún traidor de su grupo o del gobierno de Agujero de Nadie.

Casi todos los altos mandos de la Alcaldía eran miembros honorarios por sus pistolas y no por voluntad del pueblo, y si la voluntad del pueblo valiera un comino ya sería yo el presidente de Agujero de Nadie, pues nadie, valga la terca redundancia, nadie en verdad ignora lo que el Clan Glauco ha hecho por esta ciudad: ha levantado escuelas y canchas de futbol, ha otorgado donaciones y comida pa' los que no tienen casa, ha fundado organizaciones de beneficencia y siempre está del lado de los ecologistas, apoyándolos pa' que los Vesusquis y empresarios no se apropien de los bienes naturales de Selva del Cielo.

Como decía, he visto un chinguero de videos sangrientos, pero esta no era cualquier grabación. Estábamos a punto de ver la tortura y asesinato de mi Chula Estrada, la bella dama que me acompañó en los últimos días de mi primera vida, antes de convertirme en Reparado. El altomonitor reprodujo todo: los machetazos, la carne abierta como toronja, los brochazos de sangre, el desmembramiento, los gritos de la Chula diciendo que no podía más, que no daría informes sobre nuestras Bases, que prefería morir, que ya la dejaran irse al otro mundo, pero nada, no la dejaron ir a ningún lado, y ella nunca soltó la sopa. Lo peor de todo es que deshicieron su cuerpo a la usanza clásica: en pozole. Ni una sola pieza nos dejaron pa´ poder repararla, o mínimo darle selvática sepultura.

- Apágalo Chichi —ordené—, pide cuatro camionetas alteradas y armas para operaciones de rescate.

- ¿Qué vamos a rescatar, mi Jefe? —preguntó el Corona.

- La honra del Clan Glauco —dije—, y la memoria de la Chula. ¡Ciencia Cierta! Modifica la estructura del Mosco. Necesito que sea más ligero pa' que le puedas montar una ametralladora marca Tremendona. Aviéntate el tiro de volada, lo necesito para ayer.

- Sí, mi Máster —dijo el Ciencia Cierta.

- Tícher –dije–, gira instrucciones pa´ que los Socios llenen la sala de juntas y las habitaciones con tierra. Diles que la traigan de Selva del Cielo, que pongan capas con un grosor de medio metro en cada aula de la Base. ¿Está claro?

- Más claro que el verdor de la Glauca, don Gabriel –dijo el Tícher.

Capítulo 5
La sonrisa del tuerto

Hungry people don't stay hungry for long
They get hope from fire and smoke
as they reach for the dawn...
Rage Against the Machine

Rumbo a la casa del traidor sentí que las tripas pateaban mi estómago. Eran los gusanos reclamándome su dosis de carroña y suspiros de polvo del otro mundo. Las camionetas, como navajas, agrietaban la carne del camino. Abrí una ventana pa' recibir las caricias de polvo, solo así pude apaciguar el hambre que mordía mis intestinos. Chona Sabina tenía razón: la savia del Cantárido, el árbol santo, me gobernaría de aquí pa'l Real.

Y no se equivocó cuando habló de la condición cíclica de la vida. Mi padre fue tuerto, y ahora yo era el heredero de esa seña. Sentí bonito cuando Mamá Hechicera me lo dijo, me sentí parte de la tradición Glauca, por eso saqué el filero que siempre anda ajustado a mi tobillo, y en el reflejo de la hoja vi mi cuenca vacía, lo que he solucionado con un parche piratezco.

Lo que no me interesa cambiar es mi aspecto: el de alguien que baila con la muerte. Así mis adversarios sabrán a qué se enfrentan. Pa´ qué engañarlos. Deben verme tal cual, y lo primero que verán es mi sonrisa porque una bala me destrozó los labios, porque mi rostro es risotada entera, casi carcajada de ultratumba, como la que resuena en el campo de batalla cuando todo mundo ha sido abatido y solo quedan cadáveres cubiertos con una cobija de humo.

Indiqué a una de las camionetas que vigilara la puerta trasera de la casa de seguridad.

– A quien salga me lo agujerean, y cuidadito con que alguien se les escape. ¿Quedó claro?

Y claro quedó porque en la primera incursión ninguno de los contrarios pudo avanzar más de un metro desde la puerta posterior cuando mis Socios soltaron los escupitajos desde las ventanas de sus carros. Ahí quedaron los compinches de Plutarco, deshechos, irreconocibles. No era necesario hacer más panchos y, por tal motivo, nos acercamos tranquilos a la entrada, donde dejamos las camionetas con choferes, bien posicionadas, por si las moscas. Lueguito bajamos de los vehículos y aporreamos la puerta con la Chingamuros, como le decíamos a un tubo pesado, de acero, con el que allanábamos cualquier portón, aunque fuese blindado, pues lo primero en valer gaver son los goznes de las puertas. No hay obstáculo que resista el empuje de la

Chingamuros. Con ella abrimos el portón de la cochera y entramos tirando balazos. Cuando alguien nos respondía con fuego desde el segundo piso, allí estaba la Chichiolina, apostada como francotiradora en la defensa trasera del vehículo blindado, nomás jugando al tiro al blanco, cerrando hocicos para siempre.

A la entrada de la residencia estaba un cabrón armado hasta los dientes, con los brazos alzados, en busca de paz, pero se le notaba lo que más olemos los que andamos Reparados: el miedo.

- ¿Buscan al Mocol? –preguntó el fulano–, ya no está, se les acaba de pelar.

- Ya encontré al Mocol –respondí–, lo llevas dentro, casi se te sale del corazón de tantos latidos que traes ahí acelerados. Te cirujeaste la cara pa´ que nadie te reconociera, pero las muertes que has provocado te delatan. De nada te sirvió sacar al Cochul del Penal Transparente porque también me lo voy a chingar.

- El Cochul no tiene vela en este entierro –dijo el Mocol–, mejor perdónasela a él, aquí estoy yo pa´ pagar lo que te debo. Te entrego mi vida.

- ¡Me entregas madres! –dije–, tu vida la tomo yo, por mis güevos. ¿O a poco crees que lo de la Chula Estrada sale sobrando? ¿Crees que no me la debes? Tú tienes a tu jaina, a la Láila, bien pulida, vivita y coleando, y yo ya no tengo Chula ni perro que me ladre, así que ya te cargó la gaver y contimás a tu hermano, el Cochul. Ya puedes rezar pa´ ver si en el infierno te dan chance de saludar a tu perra madre.

Las balas son deshonrosas a la hora de cobrar una deuda, no por otra razón fue que agarré el cuchillo y descosí al Mocol del ombligo a la mandíbula.

- Esto es por la Chula –dije mientras le abría el pellejo, y de paso olisqueaba mi almuerzo–, y esto –dije asestándole el filo en el ojo– es por mí.

La sed no pudo esperar y pa´ pronto le caí encima, a dentelladas, mordiendo en lo blando y en lo duro hasta encontrar el hueso mientras el bato aún estaba vivo. Bebí sangre, mastiqué nervios y ligamentos, luché con trozos de cartílago, trituré las resistencias más jugosas de la carne y me hice un buche con sus proteínas antes de tragarlo.

Cada empeño mandibular era un deleite. Escuché música en los gritos del Mocol y, al hundir mis colmillos en su pecho, su corazón todavía me supo a latido. Al incorporarme, el Corona y el Tícher hundieron el hocico en el estómago del Mocol hasta devorar lo que quedaba. No come uno por capricho, sino por instinto, ¿qué no? Los restos del Mocol quedaron esparcidos a la entrada de la residencia, como un tapete *gore*, pero aún faltaba desconchinflar a otros cuantos cabrones.

Antes de adentrarnos en la casa abrimos fuego, no fuera a ser que nos estuvieran esperando tras la puerta, y sí, ahí estaban unos cuantos batos agonizantes, por donde el Corona y el Tícher pasaron sus dientes, dado que yo les había dejado pocas viandas en el cuerpo del Mocol.

Al Corona le quité su escuadra, mientras comía. Necesitaba un arma adicional para lo que tenía en mente, así que me fajé la metralleta en el cinturón y empuñé el arma prestada.

– Al rato te la regreso –le dije, y me escabullí en dirección al segundo piso.

En las escaleras me esperaban dos soldados y recibí un disparo en el hombro. Fingí dolor, retrocedí simulando que me doblaba, pero nomás oí que se acercaban y les solté el aguacero con la metralleta y la escuadra, al mismo tiempo. Los vi chorrear sangre y el olor a carne chamuscada aumentó mi apetito. Un fulano se sostenía la quijada desguanzada y se la arranqué de un mordisco pa´ agarrar fuerzas. No podía detenerme a la mitad de la chamba. Si el hambre me cantaba un tiro ni modo que no mordiera, que no triturara. Me dije no chingues mañana lo que puedes chingar hoy, y fui a la recámara principal. Cuando entré alguien me recibió con un disparo en la oreja. Regresé el fuego sobre el brazo del contrincante, tumbándole la oportunidad y, al ver que su rostro era el del Mocol, no pude aguantarme la risa.

- Ya me tienes –gritó el fulano–, acaba conmigo.

- No es tan fácil, Cirilo –dije–, vengo a reírme de tus pendejadas; además, matarte así, a la brava, no es hacer justicia. ¿Ya te viste en el espejo? Estás igualito a tu ex jefe, cabrón.

- ¿Cuál ex jefe?

- El que me acabo de merendar allá afuera. Tú eres Cirilo Godínez, el mero sicario del Mocol. ¿Agarraron un paquete de dos por uno en cirugías faciales o qué pedo? Mínimo hubieran contratado a un cirujano profesional.

- ¿Qué vas a hacer?

- Lo mismo que le hiciste a la Chula Estrada. ¿Creíste que no lo sabía? No necesito ver tu verdadero rostro pa´ saber que tú eres el que se la echó en el video.

En ese momento entraron mis Socios.

- Muchachos –les dije–, ¿recuerdan lo que le hizo este cabrón a la Chula? Pues le haremos lo mismo, pero a mordidas, despacito pa´ no atragantarnos y pa´ hacerle justicia a la compañera.

Tuve que regresar a la escalera pa´ quitarles unas esposas a los soldados caídos e inmovilizar al Cirilo Godínez, así podría encaminarlo con serenidad y soltura hacia una muerte estrilosa. De arriba me llegaron gritos musicales: por lo visto el Corona y el Tícher andaban inaugurando el banquete sin mi permiso, y regresé a la recámara rapidito pa´ esposarlo, no me fueran a agandayar el postre entero. El Tícher sostenía al Cirilo, mientras el Corona le arrancaba los pezones a mordidas. Lo que no sabía era cómo le íbamos a hacer pa´ tronarle la quijada y ponérsela de corona en la cabeza, tal y como lo hizo el Cirilo con la Chula Estrada pero, en fin, uno se da maña para todo, y al final lo conseguimos. Fue cosa de meter mano entre todos y, al mismo tiempo, tirar de la mandíbula y de la dentadura superior, en sentidos opuestos, hasta aflojarlos. Solo hubo que hacer un corte profundo alrededor de la boca para arrancar la mandíbula, a seis manos. El jaloneo fue intenso y, en poco tiempo, retiramos la pieza para coronar al Mocol: Rey de los Imbéciles. El video que tomé haría un bonito recuerdo para sembrar el terror en cada uno de los hijos de puta que se involucraron en esto.

El Corona y el Tícher todavía se daban vuelo con la comilona y tuve que pedirles que dejaran algo al Gonzo Pilato:

–   No se agandallen, llévenle itacate.

Finalmente arranqué el corazón de Cirilo Godínez, luego de tomarle una foto con mi dispositivo, y me lo llevé envuelto en una camisa deshilachada. De repente sentí humedad en mis mejillas y saqué el cuchillo-espejo pa´ ver qué pasaba. El reflejo de la hoja mostraba hilillos de llanto extendiéndose hasta mi barbilla, pero no sentía nada: ni pena, ni congoja, ni tristeza, nada en absoluto. Entonces recordé que Mamá Hechicera nos dijo: "están atrapados entre la vida y la muerte, pero esto no es el Purgatorio, óiganlo bien, ustedes son Reparados, tienen vida y tienen muerte, y aunque no tengan sentimientos, habrá sentimientos que hablen por ustedes, pero no se les caerán los güevos, de eso ni se preocupen".

Luego, cuando salimos de la casa del Mocol, empezó a llover, y recordé otras palabras de Chona Sabina: "la naturaleza llorará por ustedes, por nosotros".

Capítulo 6
La diferencia

La lluvia seguía disparándonos agujas transparentes cuando llegamos a la nueva Base de Operaciones. El Gonzo olió la comida desde el portón, por eso se fue encima del Corona, quien traía los desperdicios militares envueltos en una chamarra de polizonte.

Como perro se hincó sobre los restos y comenzó a tragar como si fuese su último bocado, aunque se tratara del primero, como Reparado, claro está. De una de las camionetas descendieron el Tito y el Tavo, dos hombres de la Chichiolina que habían sido prisioneros del Mocol y que la misma Chichi había liberado mientras nosotros nos encargábamos de pasar los dientes sobre la humanidad de los cerdomilicianos.

De otra camioneta bajaron otros fulanos, todos Meninas, casi en los puros huesos: ricachones que habían sido secuestrados por la gente del Mocol y a quienes tuvimos que rescatar de unas jaulas gigantes, donde estuvieron encerrados, con escasa alimentación. No podía dejar que se quedaran en la Base y los encaré lueguito.

– Ya están libres –dije a los tres–, no somos asesinos nomás por nomás. Y no olviden que fueron los Glaucos quienes salvaron su pellejo, pinches Meninas. Sean agradecidos y no digan dónde estamos, o de lo contrario los buscaré personalmente pa´ descontárselos a Tierrafértil, Señora del Más Allá de la Vida.

– Se lo agradezco –dijo el único de los Meninas que no lloraba–, créame que puede contar conmigo si necesita algo. Le dejo mi tarjeta.

– Lo más probable es que no necesite su ayuda –dije, guardándome la tarjeta–, pero si algo necesito se lo haré saber. Suena extraño su ofrecimiento, a decir verdad, ¿de cuándo acá los Meninas ayudan a la banda contraria?

– ¿Cuál es su nombre? –preguntó el rucáilo.

– Gabriel Villa, líder del Clan Glauco.

– Gracias, don Gabriel, usted me salvó la vida y lo menos que puedo hacer es devolverle el favor con otro. Cuente conmigo para lo que necesite.

Pedí al Corona Esteroide que se llevara a los Meninas y guardara la tarjeta del rucáilo. Los Meninas eran raza acomodada, ricos de abolengo que solían aliarse a los Vesusquis, sobre todo por miedo a ser secuestrados, o por miedo a cosas peores. Los Vesusquis se pintaban solos para aterrorizar a la población. Así establecían alianzas y obtenían el financiamiento para llevar a cabo sus operaciones.

Al entrar a la casa hice un recorrido de revisión pa´ asegurarme de que todo luciera tal y como lo pedí. Montones de tierra de Selva del Cielo cubrían los pisos de la sala, cocina y comedor. El aroma de la tierra era un perfume inmejorable. Su olor me hacía sentir como en casa, tan cerca de la muerte que hasta ganas daban de descansar por siempre. Lo malo es que ahí andaban los hombres de la Chichiolina, nomás valiendo gaver porque estaban drogados, envueltos en una alucinación pendeja, aunque no sabíamos si era producto de la Supracoína que traficaban los Vesusquis o de alguna otra sustancia. Además, el Tito y el Tavo, los hombres de la Chichi, despedían un tufo extraño, un olor que les salía casi por los ojos. Pero ese olor, en estado líquido, también circulaba por sus venas: clarito veía brillar el flujo, como si mi único ojo tuviera una luz detectora de basura. De pronto tuve el deseo de lanzarme sobre la humanidad del Tavo, y lo hice. El Tavo se dejó hacer por mi fuerza. Apresé su antebrazo, clavé mis colmillos en las venas más visibles y empecé a chuparle la basura. Así me di cuenta que era Supracoína lo que corría por sus venas. Tuve que darle varios jalones a su sangre y escupirla hasta extraer todo el veneno. Junté los escupitajos en una bolsa y se los di al Tícher.

- Llévaselos a Chona –le indiqué–, y no regreses hasta que te diga qué hay en los escupitajos. ¿Entendido y tendido?

– Entendido, don Gabriel, tendido como bandido.

Repetí la misma operación con el Tito. Mordí su brazo y el popote de la muerte succionó toda la sustancia. Lueguito lo liberé de su letargo.

– Nos chingaron los Vesusquis, don Gabriel – dijo el Tito–, cuando despertamos ya nos tenían esposados y nos obligaron a tragar una sustancias. No pudimos ver qué eran porque nos vendaron los ojos.

El Tavo, quien ya había salido del trance supracoínico, confirmó la versión de su compa y enseguida se deshizo en piropos: que me veía muy jodido, me dijo, que parecía muerto, que ¡ah! cómo tenía el rostro desfigurado y el cuerpo lleno de agujeros secos.

Y le reviré de volada: para tu carro, compa, vete acostumbrando a mi pinta de cadáver, que así me vas a ver de aquí pa´l Real. Ahora vete con la Chichiolina y llévate al cabrón del Tito. Y así lo hizo, se fue con la Chichi y el Tito muy campante, como si la Supracoína nunca hubiese pasado por sus venas. Luego me comuniqué con el Paisa, el taquero que arma los banquetes pa´ los Socios del Clan Glauco.

– Tráete una cazuela grande con un chingo de té de Glauca –pedí–, que esté bien calientito.

\- Sí, mi Jefe –sonrió el Paisa, en la pantalla de mi dispositivo–, ¿no va a querer sus taquitos? Lo veo desmejorado.

\- Tráete nomás eso.

Cuando llegó el Paisa también me llenó de piropos y le dije para tu carro, compa, que ya otros me piropearon bastante. Acostúmbrate al nuevo Gabriel Villa. Déjame la cazuela y avísales a los Socios que acá está el té.

Extraje el corazón del Cirilo Godínez de la chamarra judicial, lo puse en la cazuela y empecé a deshacerlo con el cuchillo, cortándolo en cachos y luego desmenuzando estos en el té. Al primer sorbo de Glauca con cora sentí la diferencia: dije adiós al rasguño de la oreja, pues la savia de la Glauca, mezclada con carne humana, suturaba las heridas, regeneraba tejidos y me energizaba; de volada dije adiós a la herida del hombro, a los labios destrozados y otras heridas menores.

Enseguida mi cuenca vacía empezó a temblar. Sentí una pujanza retinar y un gel de humor vítreo que empezó a solidificarse. De pronto mi ojo ya estaba de regreso y rápido me quité el parche. Quizás era natural que el ojo hubiera renacido en mi propio cuerpo como resultado de la mezcla de carne y Glauca, pues, al igual que la yerba sagrada, un fruto de la tierra hace bien al que viene de la tierra, o sea, a uno que es un Reparado. Por algo Chona Sabina dijo que la tierra nos extiende la vida, pues somos seres terrenales, ¿qué no?

Más tarde llegaron el Gonzo y el Corona y empezaron a rolarse la cazuela hasta vaciarla. Subí a mi habitación y la encontré terregosa, comodísima. La capa de tierra me llamaba. Sentí que me acariciaba los oídos y, al acostarme en el suelo, me cubrí con ella, como si fuera una cobija, pues solo así descansa el Reparado.

Capítulo 7
Los Videopibes

Dormir bajo un manto de tierra era justo lo que necesitaba. Al desperezarme recordé otra de las maravillas de estar muerto: la re-nutrición es continua y no se necesita ir al baño muy seguido, pues la alimentación de un Reparado también sirve pa´ subsanar los desperfectos del cuerpo, pa´ robustecer la voluntad y corregir el deterioro. Uno se reproteiniza y se revitamina con la carne corrompida, la carne que actuó dolosamente.

Al asomar por la ventana vi el estercolero en que se había convertido Agujero de Nadie, y después de promover la dizque buena pinta urbana, al Alcalde le extraña que nadie venga a visitarnos. Bien decía mi padre que Agujero de Nadie es una orgía de balazos y climas contradictorios. Antes de la catástrofe climática todo era belleza. Había edificios y rascacielos diseminados por todas partes, como falos más tiesos que mi sonrisa. El aire era tibio y no caía nieve, como ahora sucede al final del año.

Chona Sabina también me contó lo que dijeron sus ancestros: que un día todo se trastornó y nadie supo si fueron las guerras, la negligencia industrias o la combinación de ambas lo que le dio en la madre al planeta.

No se sabe si fue la terca ambición de los empresarios o el hecho de que los países de los distintos continentes nunca llegaran a un acuerdo pa´ impedir el desastre. El caso es que un día la pequeña selva multiplicó su espesura, se llenó de riachuelos y vegetación nunca antes vista por estos nortes. La pequeña selva fue bautizada como Selva del Cielo.

Desde entonces, en Agujero de Nadie conviven el desierto, la selva, el bosque y la tundra, así me lo dijo Chona Sabina, a quien debo mi educación y miles de consejos. El ruido de un altomonitor me sacudió y fui a la sala de juntas a ver qué bronca rondaba entre los Glaucos. Ahí estaban la Chichiolina y el Gonzo Pilato videando un noticiero en el monitor, a punto de tragarse las mentiras de los Videopibes.

No es secreto que los Videopibes trabajan, a veces sin proponérselo, para el gobierno y los Vesusquis. Mis informantes aseguran que el Alcalde asiste a las fiestas organizadas por Plutarco Galván, el Vesusqui Mayor, por eso es que los funcionarios de la policía y la milicia luego elaboran patrañas y sueltan comunicados a modo, nomás pa´ desinformar a los Videopibes y, de paso, a la comunidad entera. Me cae de a madre que, a veces, se vuelvan sus voceros. Puros datos amañados brotan de los altomonitores videográficos y los vasos comunicacionales.

En ese momento el altomonitor de la sala proyectaba el desmadre que dejamos en la casa del Mocol, por lo que me acerqué una silla y puse atención a los detalles. La Videopibe se abrió paso entre un montón de policías y militares. Dijo "todo parece indicar que no solo se trata de un ajuste de cuentas, sino también de un duelo entre bandas opositoras, ya que así lo indica la brutalidad con que fueron cometidos los asesinatos".

Luego explicó que el Mocol era miembro del Clan Glauco, el archiconocido grupo responsable de distribuir la Glauca en todo el país, y se alargó en un blah blah blah; hasta que mencionó al Cochul y entonces paré oreja:

"Mientras tanto, Mario Bernal, alias el Cochul, fue liberado esta mañana del Penal Transparente y se presume que este se hará cargo de los ritos funerarios de su hermano, el Mocol. Las autoridades continuarán las averiguaciones para esclarecer este cruento suceso. El Jefe de la Policía, Juan Saturnino Gaviota, aseguró que en los próximos días se determinarán las líneas de investigación a seguir".

La Videopibe hizo un recorrido por la casa, seguida por su camarógrafo, mostrando los destrozos provocados por mis Socios, además de las jaulas donde aún se apreciaban bacinicas y platos para colocar comida de perros, platos hondos donde los Meninas debieron olvidar el lujo de sus modales. La morra dijo que aún no tenían información sobre el uso que el Mocol y sus secuaces daban a las jaulas. "Estas jaulas, como podrá usted ver, penden a más de dos metros del suelo. Se presume que fueron utilizadas como celdas de castigo donde encerraban a los integrantes del grupo contrario".

¡¿Cómo que celdas de castigo?! ¡¿Cómo que grupo contrario?! La Videopibe estaba cagando fuera del hoyo, embarrándoles a sus video-espectadores toda esa mierda falaz y, por si fuera poco, todavía fue a entrevistar a Juan Saturnino Gaviota, Jefe de Policía de Agujero de Nadie, un cabrón wacho que ordenaba torturas de policías municipales, albañiles, taxistas, cajeros, vendedores ambulantes, amas de casa y, por supuesto, Socios, sin importar que muchos de ellos, en su mayoría, fueran inocentes.

El problema es que Juan Saturnino no se ha torturado a sí mismo, y tampoco sabe qué es ser inocente. A Saturnino le hace falta una calentadita que, de realizarse, sacaría todas las ratas de la cloaca. Así la Videopibe no andaría diciendo "se presume esto y se presume lo otro", sino "es culpable de negociar con los Vesusquis; es culpable de violar los derechos humanos de personas inocentes; es culpable de los tiroteos que sitian el Agujero de Nadie; es culpable de ocultar información al Gobierno Central; es culpable de asociarse con empresarios de la ciudad para encubrir el tráfico de Supracoína; es culpable de fraternizar con el crimen organizado; es culpable de hermanarse con Plutarco Galván pa´ chingar a

Gabriel Villa". Pero Juan Saturnino Gaviota dijo otra cosa:

- Comandante –preguntó la Videopibe–, ¿se tienen ya noticias sobre el móvil de los asesinatos?

- Aún no se esclarecen los motivos de esta contienda –leyó Saturnino–, sin embargo, muy pronto determinaremos las líneas de investigación necesarias para lograr la captura de estos delincuentes. Sin duda se trata de actos despiadados y todavía es difícil saber si se debieron a una venganza o a las rivalidades que han surgido entre los miembros del grupo conocido como "Clan Glauco". Estos animales solo razonan a punta de pistola Creemos que este enfrentamiento deriva del reciente deceso de Gabriel Villa, quien fue muerto durante una de sus malandrinadas. Se sospecha que las fuerzas del Clan Glauco buscan reacomodarse y disputarse la plaza que antes perteneció a Villa. Pero esto es solo una hipótesis, entre muchas otras que irán surgiendo conforme avance la investigación.

Típico: dice que aún no definen líneas de investigación y adelanta una hipótesis parcialmente fallida, pues solo atinó en una cosa: Gabriel Villa sí está muerto, pero ya tiene una segunda vida patrocinada por la muerte.

Hasta ahora solo me ha dado por hablar mal de mi compadre, Juan Saturnino Gaviota, pero debo decir que el comandante también tiene un lado bueno. Ha beneficiado a empresarios que ni necesitan su apoyo, ha gritado a los cuatro vientos que no hay broncas en Agujero de Nadie, que la ciudad es un estuche de gratas sorpresas y monerías de alta definición, pues solo la alta definición oculta los raspones y los remiendos de esta accidentada geografía. También ha beneficiado a sus allegados y ha sepultado a su familia a paletadas de billetes. Enhorabuena.

- ¿Qué hacemos ahora, Gabriel? –preguntó la Chichiolina, con el característico temblor de sus chichis–, ¿nos vamos a quedar así, mientras el Comandante nos receta esa sarta de pendejadas?

- Me cae que nel, Chichi –le dije–, mándale el video de la muerte del Mocol al Alcalde para que vea el cabrón lo bonito que se ve una quijada puesta de corona en una cabeza sin cuerpo.

- ¿Y por qué no se lo mandamos al Saturnino Gaviota? –preguntó el Gonzo Pilato.

- Porque cuando el Alcalde vea el video se va a cagar de miedo –dije –, y cuando se le baje el susto se va a encabronar, y cuando se encabrone, ¿a quién crees que pedirá cuentas?

- ¿Al Saturnino? –preguntó el Gonzo.

- Exactamonda –respondí–, me gusta que los políticos ajeren a otros por mi culpa, por mi culpa, por mi gran culpa, ¿qué no?

Di instrucciones al Gonzo pa´ que fuera a despertar al Corona Esteroides y se juntara a otros cinco Socios, hartas armas y tres vehículos.

- Diles que nos vamos de fiesta –dije al Gonzo–, pa´ que se animen.

De alguna manera había que subirles el ánimo a los Socios, pues el puro desmadre no era suficiente pa´ pasarla bien en este antro efímero de sombras y suspiros. También hacía falta la fiesta, una de marca "urgente".

54

Capítulo 8
La fiesta del cuerno

You make a dead man come.
Mick Jagger

Salimos juntos del cuartel, pero al entrar en el bulevar Zumbido del Zancudo ordené que nos separáramos. Era seguro que el Saturnino había puesto retenes y no convenía transitar por calles que condujeran a la salida de Agujero de Nadie. Los puercos son predecibles, por eso son fáciles de chingar.

Cuando pasábamos por la Estrella del Norte, el congal más estriloso de Agujero de Nadie, tomé el dispositivo pa´ avisar a los Socios que si hacían bien su trabajo, ahí mero les invitaría una pachanga completa, con aguas locas, que son las bebidas de lujo en ese antro, además de música canija y servicios de alza-deseos, como lo manda Tierrafértil, Señora del Más Allá de la Vida.

Luego pasamos cerca de un retén lleno de wachos y puercos municipales, y tomé el dispositivo nomás pa´ decirles a mis Socios "por aquí anda la dizque justicia, vean a esos pobres cabrones, no saben pa´ quién trabajan, están tan descompuestos que ni se dan cuenta de lo jodidos que están; están peor que uno: peor que un muerto de varios días".

Las camionetas convergieron en la Glorieta Tucanazo y tomé mi ametralladora, pues esta vez no iba a perder tiempo. Me puse un chaleco blindado pa' no salir tan chamuscado. De inmediato tomé el dispositivo y puse condiciones: "Equipo uno, a cubrir entradas y salidas del conjunto residencial; equipo dos, a vigilar las casas aledañas; y equipo tres, conmigo".

Siempre es mejor llegar en una sola camioneta pa´ no verse uno tan placoso. Las caravanas de vehículos, y más los que son blindados, siempre levantan sospechas entre los habitantes de una Col. Además, nunca falta el soplón ciudadano que avisa a la chota y esta lueguito se para el cogote diciendo que "la captura se logró gracias a una estrategia de inteligencia o un operativo". Eso se lo aprendí al Saturnino, quien tiene fama de congraciarse con los altos mandos gracias a su verborrea besapitos.

Entramos al conjunto residencial y vimos desfilar una hilera de casas de dos pisos completamente grafiteadas. Una bola de niños y niñas de rostros chorreados jugaban futbol y tres fulanos estaban pisteándose unas cheves junto a un vehículo compacto. Los susodichos eran tipos bragados. A leguas se nota cuando uno se enfrenta a zacatones, y estos no eran tales. Estaban pisteando a dos casas de distancia de nuestro objetivo, y no los habría pelado de no ser porque traían la música muy alta. Los bocinones escupían clarito, si la memoria no me falla, la siguiente rola:

Galván cumplió su promesa
de matar a Gabriel Villa
pues él no comparte mesa
con quien le tumba la silla

Esa rolita fue la culpable de que yo bajara en chinga de la camioneta y fuera derechito hasta donde estaban los fulanos.

Los Socios también se apearon y les ordené apostarse afuera de la casa que buscábamos. Les dije: "voy solo, para esto no necesito refuerzos". Los fulanos del vehículo se me quedaron de clavo mientras avanzaba, pero, una vez que se aclaró mi presencia, uno de ellos desenfundó, cagado del susto. Accionó su escuadra y el disparo me pasó por un costado, pero el segundo sí pegó en la pechera de mi chaleco. Un empujoncito sentí nomás. Le receté un chingadazo en la quijada y se fue de culo. Mis narices percibieron el olor a carne corrupta del fulano y salivé de volada. Ya no era yo sino un fiel seguidor de mis dientes y colmillos, los cuales se hincaron solitos sobre el cuello del fulano, sin que yo pudiera hacer nada para detener el abre-cierra de mi mandíbula.

Los otros dos bragados salieron corriendo de ahí, al ver que ya me estaba merendando a su compa. Pudo más mi hambre que el cobro de ese insulto, lamentablemente, pues me hubiera gustado decirle al hoy occiso, antes de atragantarme con su carne, que esto les pasa a los que trabajan con Plutarco Galván, pero ni chance me dio el jaguar que llevaba adentro, pues ya me exigía el desayuno desde que salimos de la Base Glauca.

Cuando entré al departamento vi que uno de mis Socios tenía a dos fulanos en el suelo, con el tripero asomando por sus estómagos. ¡Qué manera de pasarlos a cuchillo! Subí al segundo piso y vi que el Gonzo y otro Socio tenían a dos soldados y a dos mujeres sometidos.

- Buenas tardes, doña Láila –dije–, gloriosos los ojos… después de tanto tiempo, luego de tanta matanza, tanta juventud jodida, tanto descuartizamiento en vano.

- Ya mataste al Mocol –exclamó Láila–, ¿a qué vienes ahora?

Antes de responderle le solté una ojeada picarona. Le estrujé los pechos con la mirada, saboreé los bultos de su trasero y, con la licencia de su minifalda, le tijerié la piel oscura y firme de los muslos. Entonces me quité el chaleco y abrí el cierre de mi chamarra pa´ mostrarle los agujeros y las chamuscadas que me dejó el último encontronazo.

- Esto es lo que quería enseñarte –dije, alzando la manga de mi camisa para exhibir mi hombro–, estas que ves aquí son esquirlas de la granada que me alcanzó por culpa del Mocol, ¿o me vas a decir que no sabes que el cabrón me traicionó?

– Sí –contestó Láila–, todos saben que el Mocol te traicionó porque quería sacar al Cochul del Penal. Y ya también te echaste a mis guaruras. ¿A qué vienes, entonces?

– Pues a calmar mi apetito –dije–, es por todos sabido que el reglamento del Clan Glauco es mujer con mujer se paga. El Mocol se chingó a mi jaina, la Chula, que estaba rebuena la cabrona, y ahora vengo por el calor que me falta. Créeme, Láila, que cuando uno está muerto es cuando más lo asaltan pensamientos pecaminosos.

– Tá bueno –dijo Láila–, cóbrate la deuda.

– ¡Ya oyeron muchachos! –dije–, desháganse de los cuerpos. Tú, Corona, date gusto con los soldados y deja ir a la otra mujer.

El Corona tampoco desayunó, de manera que esos wachos formaban parte de su banquete. Era por todos sabido que en Agujero de Nadie, los wachos trabajaban pa' los Vesusquis, pero al Alcalde le decían "el Tío Lolo", porque nomás andaba haciéndose pendejo solo. El cabrón decía a los medios de comunicación que los wachos eran ángeles enviados por la Federación, que estaban aquí para proteger al pueblo y quién sabe cuántas felaciones más.

Antes de encerrarme con la Láila, saqué mi cartera y se la entregué enterita al Corona Esteroides.

- Órale, mi Corona –le dije–, reparte billete entre los Socios y llévatelos a celebrar como manda doña Tierrafértil. No escatimes. Nomás déjame la camioneta y un chofer. Y si me tardo le mandas un reemplazo, porque los choferes también cogen.

- ¿Y usté, mi Jefe? –preguntó el Corona–, ¿a poco no va con nosotros, a divertirse con las damitas de la Estrella del Norte?

- Nel, mi Socio –le expliqué–, el sexo comprado no es pa′ Gabriel Villa. Las viejas me sobraban en la primera vida y ahora también me sobran en la segunda.

El Corona salió volando con mis instrucciones y yo me di un taco de ojo con la Láila, que aún estaba en edad de merecer. Cerré la puerta de la habitación y Láila encendió velas y unas varitas de Glauca.

- Acuéstate, Gabriel –me invitó Láila–, mientras voy a forjar unos gallitos de Glauca.

No opuse resistencia. Me recosté en su cama *king size* y vi cómo la Láila se encorvaba sobre una mesa para preparar la Glauca. De paso, como no queriendo la cosa, vi que sus nalgas sobresalían de la falda y mordían la rigidez de sus muslos. Y en esa frontera del glúteo y el muslo clarito vi cómo brillaba un tatuaje de picas de la baraja de póker.

Después de preparar el cigarro, Láila le dio una calada y me lo roló. Tragué humo hasta llenar mis pulmones y sentí que la caricia de la Glauca apaciguaba mis sentidos. Rápido le quité la falda, le amenacé una nalga y me entretuve escaneando la pulsera de hojas de Glauca que ella traía tatuada en torno a uno de sus tobillos. Luego la atraje hacia mí pa´ que sintiera el rifle.

- Te siento más vivo que nunca, Gabriel –dijo Láila–, nomás traes la pura facha de muerto.

- Por eso, mujer –le recordé–, cuando uno está muerto es cuando más rígido se pone. Aunque me veas así, no estoy tan deshumanizado.

Láila se puso cómoda y empezamos a darle, que para ahora era el luego. No solo resonaron las patas de la cama, sino hasta los huesos de la compañera, a quien ya se le iluminaba el rostro, se le volteaban los ojitos, como mirando pa´ adentro, y se le soltaban los gemidos y las amarras pa´ navegar en el océano de lujuria. Era como si la tierra –o sea uno, como ser terrenal– y el mar –o sea la Láila, ya caldeada– entraran en una colisión sabrosa.

La lascivia yerta chocaba, al principio, con la lascivia viva, hasta que se aceptaban una a la otra, como energías de colores distintos que inauguraban equilibrios carnales. La llave masculina entraba en el candado femenino pa´ develar tesoros.

El agua sexual amarraba un seno, un pezón, una nalga temblorosa; la tierra imponía su beso en los labios del océano y viceversa; los ojos lascivos soltaban polvo, generaban grumos de tierra humedecida y, a su vez, medio solidificados por el jugo pastoso de los sexos.

Sorpresivamente, el coito se había alargado, pero Láila no estaba cansada, seguía desatorando las piernas y, a veces, se tomaba una pausa. Entonces daba media vuelta en la cama para mostrarme, lenta y orgullosa, sus burbujas de carne. De repente, Láila pidió tregua pa´ invitar a otra compañera:

– Xóchitl –exclamó–, te estamos esperando.

– ¡Ah, chingá! –dije-, ¿y quién es la Xóchitl?

– La ex del Cochul –explicó Láila–, imagínate, Gabriel, que la pobre solo la recibía por Detroit, pues su Cochul nomás tronaba por ahí. Dicen que el cabrón se la pasó mucho mejor en la cárcel porque ahí todo entra y sale por la retaguardia. La pobre de la Xóchitl tardó años en olvidar las habladurías y las visitas conyugales sin nada de ternura, nada de jugo del amor. Nomás mírala.

La Xóchitl era una mujer callada, pero su cuerpo era expresivo: senos medianos, rematados por un pezón gordo y sonrosado; el vientre liso, con pequeños surcos que remarcaban mosaicos abdominales; piernas firmes y pantorrillas duras, rematadas en pies menudos, de sedosa apariencia.

–   Donde caben dos –dije–, también caben cien.

Xavier G

Capítulo 9
El oscuro pasajero

Se abre la noche como un gran libro ilegible sobre la selva.
José Carlos Becerra

El Tícher ya me había dado el informe completo sobre el análisis de los escupitajos. Pasó tres días en Selva del Cielo. Primero habló con Chona Sabina y, al otro día, caminó con ella durante horas entre árboles rebeldes que escupen hojas como llamaradas. El contenido del informe era muy claro; lo que seguía enturbiado era la coincidencia de que, justo un día después de que regresara el Tícher, me visitara el teniente Andrés Guardado, uno de los brazos policiales más eficientes de Agujero de Nadie, quizá el único.

Uno de los Socios dio aviso a la Chichiolina sobre el visitante y ella me marcó al dispositivo. Al aclararse la pantalla vi los senos risueños de la Chichi, como orbes inflamados, pujando por traspasar el monitor.

- Me dicen que afuera está el teniente Andrés Guardado –anunció–, dice que quiere hablar con el Jefe.

– Dile que pase, a lo mejor trae malas noticias, que son las que más me gustan.

Lo bueno era que ya había desayunado, de otra forma habría tenido que refinarme la carne del chota, y si esta está demasiado corrompida se corre el riesgo de que sepa agria porque, de hecho, se sabe: mucho se habla de la descomposición de las instituciones, sobre todo de las fuerzas policiacas y militares, pero nadie hace nada, ni siquiera los afectados, ¿o será que estos también se nos descompusieron?

Andrés Guardado tuvo suerte porque no olía a corrupción. El tufo del hombre corrupto era lo que más alebrestaba el colmillo de mi hambre. Lo recibí en la sala de juntas. Vestía una camisa holgada, cinturón de cuero grueso y mocasines, como visten los Vesusquis.

Lo único distinto era un sombrero de ala ancha que, según me late, es una más de las fantochadas típicas de los polizontes que se creen chingones. Pero hasta eso: se quitó el sombrero, lo cual resultaba extraño, porque los polizontes solo le hacen caravanas al dinero.

– ¿No me vas a revisar? –preguntó Andrés Guardado.

– No hay necesidad –respondí–, la muerte anda de mi lado en estos días.

– ¿La vida, querrás decir?

– Nel –dije–, la muerte es lo que ves, su sequedad, su risa inamovible, su rigidez corporal, sus güevos de acero. Eso es lo que ves. La muerte es mi carroza y yo, su oscuro pasajero.

– Tenía que verlo con mis propios ojos – continuó el teniente–, porque los rumores no siempre son ciertos.

– Así es –dije–, aquí sigo, muertito y culeando, Andresito. Pensaron que una granada era suficiente pa´ enviar a Gabriel Villa al camposanto, querían endosárselo a Tierrafértil, Señora del Más Allá de la Vida, y ya ves… se equivocaron.

– También corre el rumor de que el Tícher encontró una sustancia medio rara en la mercancía de Plutarco Galván, que es veneno, según dicen.

– Ah, chingá –exclamé–, ¿desde cuándo te ocupas de las pendejadas de Galván?

– Desde que pienso por mí mismo –replicó.

– Mucho cuidadito, teniente –dije–, supe de alguien que andaba preocupado por las felonías de Galván y lo dejaron colgado de un puente, nomás porque descubrió una credencial, con teléfono y dirección para localizar al jefe Vesusqui.

- Eso no me preocupa tanto como lo que le mandaste al Alcalde –siguió Guardado–, un video escandaloso que no parece obra del Clan Glauco.

- En eso tienes razón –comenté–, ese video solo es obra mía, un asunto personal. El Clan no tuvo nada qué ver. Yo respondo por esa grabación.

- El Alcalde se lo pasó a Juan Saturnino Gaviota –continuó Guardado–, ya mandaron centinelas a Selva del Cielo. Me parece que el envío de esa grabación fue una mala jugada, Gabriel.

- ¿A poco sí, Guardado? –pregunté–, ahora resulta que compartes información valiosa con los Glaucos. No me preocupan esos centinelas. Selva del Cielo es un laberinto. Si alguien se mete a la selva está cabrón que regrese con vida, te lo digo yo que me crié ahí. Además, Selva del Cielo es muy grande, está difícil que alguien le llegue al mero corazón. Eso, claro, sin contar la amenaza de las bestias.

- Hay una cosa que se llama "radar" –informó el teniente–, por el radar sabemos dónde se encuentra el Agrónomo, uno de tus Socios, el que coordina la siembra de Glauca. Llegar a uno de los campesinos y sobornarlo para que suelte el secreto de la Selva es muy fácil.

— No me preocupa –reviré–, desde que estoy así, la vida me preocupa cada vez menos, en verdad te lo digo, Guardado.

— Nomás vine a prevenirte –dijo–, solo a eso vine y ya me voy. Que tengas un buen día y, como te dije, ¡aguas con los radares! Por cierto, también corre el rumor de que rescataste a unos Meninas.

— Eso es solo un rumor –respondí–, y sábetelo de una vez por todas: si entraste y saliste de la Base Glauca sin ningún rasguño no es porque crea lo que me dices, sino porque no me consta que le hayas hecho daño a mis Socios, de otra manera ya estarías saludando a Tierrafértil, Dadora de Vidas y Muertes. Si te preguntan por mí, diles que no es necesario que me busquen porque yo los encontraré primero.

El teniente se puso el sombrero y se retiró dejando una estela de perfume dulzón en el aire, como de detective barato.

Di la orden de que le permitieran la salida. Lo más probable era que Andrés Guardado intentaba averiguar si los últimos acontecimientos que habían llegado a sus oídos eran ciertos o falsos.

Era poco probable que los Vesusquis o el propio Galván se beneficiaran de la Selva, sobre todo porque la jungla sabe quién es quién: tiene miles de oídos, miles de ojos que identifican la porquería de inmediato. Nadie engaña a Selva del Cielo, y quien lo intentase ni siquiera habría de cavar su propia tumba, pues la espesura es canibalesca, un mausoleo dentado para el intruso.

El hallazgo de la Supracoína envenenada era apenas noticia entre la banda glauca, de manera que lo dicho por Andrés Guardado era cierto.

Los Vesusquis sabían perfectamente qué era lo que buscaba el Tícher, quien tuvo que rodear la muralla circular que protegía la Selva. Atravesó la ciénaga por la noche, en canoa, con una linterna y, al llegar, lo sorprendió un coro de ranas que circundaba la cabaña. Se asustó, por pendejo, pues ya le había dicho que las ranas anunciaban a Mamá Titsa la llegada de visitantes. También le advertí que, de acuerdo al tipo de croar, ella sabría si las visitas eran malignas o benignas.

El Tícher entregó los escupitajos a Chona Sabina. Ella los colocó en un recipiente cubierto con hojas de Glauca y palpó las sustancias, las olió y hasta habló con ellas. Después, Chona pidió al Tícher que la acompañara, luego de invitarle un jabalí con té de Glauca. De noche recorrieron la Selva, entre el zumbido de los insectos y la amenaza de las bestias, las cuales se rendían ante la presencia de Mamá Titsa.

Los susurros de los árboles se multiplicaban, enredándose en un diálogo con los silbidos de Chona Sabina, mientras supuestamente era escoltada por el Tícher, ya que en verdad ocurría lo contrario: era la Titsa quien protegía al Tícher con su aura sabihonda, pues en ella se fundían milenios de sabiduría de tribus gloriosas y mágicas a las que debemos las riquezas del planeta.

Cruzaron el río y, al salir, atravesaron un claro de varios kilómetros que conducía al Campo Glauca, la reserva más grande y fidedigna de yerba risueña, la yerba más querida y querendona. Luego se dirigieron a la zona montañosa y encontraron al Agrónomo, uno de mis brazos derechos, ganador de varias distinciones en botánica y agricultura. Una joya de chavalo ese Agrónomo. Por eso le lanzo paletadas de billetes: pa´ que coordine la siembra, la chamba de los agricultores y la seguridad del Campo Glauca. Le pago pa´ que nos proteja de nosotros mismos, de los Socios que también son humanos y, como tales, una bola de pendejos dispuesta a cambiar el secreto de la Selva por un puñado de billetes ensangrentados.

El Agrónomo y Chona Sabina examinaron los escupitajos, hicieron distintas pruebas y, para eso, el Agrónomo se pintaba solo. Al unir su sabiduría con la de Mamá Titsa el resultado eran descubrimientos estrilosos, hallazgos tan cabrones que harían que mil científicos salieran de sus tumbas. Alquimia y ciencia, magia y tecnología reunidas pa´ confirmarnos lo que antes anduvimos sospechando: que la Supracoína había sido adulterada nuevamente. Mezclada con otras sustancias, y sintetizada hasta la médula, la Supracoína multiplicaba la intensidad de su efecto. Su veneno, aplicado en dosis generosas, destruía los vasos sanguíneos en poco tiempo, provocando cabronas hemorragias.

El resultado del examen era fidedigno: la Selva no se equivoca, y mucho menos el Cantárido, que en lengua etérea significa "árbol de todos los pueblos". El Agrónomo y Chona Sabina llevaron los escupitajos al Cantárido, cuya corteza rugosa se abre y recibe lo que se le introduzca, como el recipiente que los brazos de Mamá Titsa introdujeron en la carne sagrada del árbol.

El Cantárido cerró un boquete de su tronco, apresando así el recipiente, y su copa comenzó a sacudirse. Una melodía hipnótica se desprendía de aquel ajetreo e invocaba la cítara del viento, seduciendo el oído de la Selva. El árbol sagrado tosió roncamente e hizo temblar la tierra. De nuevo abrió su corteza y desató un nudo de humo morado que indicaba el alojamiento de agentes tóxicos en los salivazos, además: una voluntad dolosa, humana.

Capítulo 10
En mi radar

Hay gente para todo: pa´ clavar, pa´ sembrar, pá inventar, pa´ chingar y pa´ localizar plebes indeseables como los Vesusquis. El Ciencia Cierta, por ejemplo, era experto en averiguar sus ubicaciones. Estrilosos y eficaces dispositivos nunca faltan en el Cuartel Glauco. Gracias al Ciencia Cierta nos sobran, como sobran la inteligencia y la fuerza del grupo.

El Ciencia Cierta obtuvo información confiable sobre el último paradero del Cochul: el Panteón Jardín, pesadísimo cementerio, con millones de toneladas de muertos en su haber; un camposanto donde almacenan a los Vesusquis destripados y les erigen mausoleos pintorescos, con toda la parafernalia violenta, característica de los malandros. Pistolas con cachas de oro, chacos y armas blancas con diamantes incrustados brillan en cada tumba; también estatuillas extravagantes, retratos creados por Plañideros, epitafios insólitos y fotografías espectaculares donde el difunto, un inservible en vida y en muerte, posa sosteniendo una kalashnikov, junto a dos mujeres de chichis falsas, labios parados, pómulos estirados y nalgas infladas, como si se las hubieran rellenado con paquetes de Supracoína. Una suma de acciones que equivale a: pendejos honrando y glorificando la estupidez.

Salir del sarcófago del Mocol es, hasta ahora, mi mejor aparición en sociedad. Los enterradores, finísimas personas, ni se las olieron: abrieron la puerta trasera de la carroza y sacaron el féretro, conmigo adentro. Así fue como logré aparecer en medio del luto, sin que nadie se la maliciara.

Al Cochul se le desfiguró el rostro nomás de verme abrir la lata mortuoria y sonreírle como fantasma. Ni siquiera preguntó por el cadáver de su hermano.

La Chichiolina me mostró una imagen, tomada con telefoto, donde se ve cómo se le desmadra la cara al Cochul del puritito susto. Y cuando el cabrón salió de su espanto, sacó la fuska y me disparó. El chaleco blindado detuvo la bala y usé mi escuadra pa' desinflar a los Plañideros y Vesusquis que estaban a sus costados. Los Plañideros son (eran, en este caso) músicos, pintores, escritores y compositores al servicio de Plutarco Galván, contratados para aventarse choros y llorar en los funerales, además de hacer corridos, bustos y retratos de los malandros. También tuve que soltarle un balazo al Cochul, pero solo en la pierna. Desde el principio indiqué a los Socios que a él lo quería vivo, y también a los enterradores, finísimas personas.

Tras las primeras ráfagas hubo desbandada de edecanes, todas huyendo en los autos lujosos de sus amantes. Otros Vesusquis entraron en acción y el Corona Esteroide, apostado en el techo de un mausoleo de tres pisos, desató el vómito furioso de su metralleta: una barret alterada, con mucha chispa y un alcance cabrón de más de dos mil metros. Una chulada de juguetito, la mera verdá. Desde el mausoleo aplacó a dos Vesusquis y un militar.

La Chichiolina empezó a disparar contra los Vesusquis por la retaguardia. Lo hizo desde una carroza que introdujimos para no alzar sospechas y conseguir un buen lugar en la escena del tiroteo. Disparaba con una subametralladora FN Hestal P90, con apuntador de rayo láser. Solo con la intervención de la Chichi pude salir completamente del sarcófago y disparar a mis anchas. Ya con los pies en la tierra mi puntería agarró más confianza. Tumbé a otros dos militares con mi escuadra y perdoné la vida a dos Vesusquis más. Tampoco se trataba de desconchinflar a toda la plebe, sino de sembrar el terror, y la única forma de hacerlo es perdonando unas cuantas vidas, las cuales se encargarán de esparcir el rumor de que Villa cruzó a nado el Leteo y se reparó para contarlo.

El Corona Esteroide también disparaba desde la estatua de un ángel vestido con sombrero y chaleco de Vesusqui. Después de cerrar unos cuantos hocicos, abandonó la estatua y avanzó en dirección al sarcófago para conseguir otro punto de mira. Ya estaba por chingarse a un enterrador y lo paré en seco: ¡no matamos enterradores, compa!, le dije, los enterradores son sagrados, se tutean con las sombras de ultratumba. Mamá Titsa dice que los sepultureros prestan su cerebro y su lengua al muerto durante el entierro pa´ que este dialogue con el más allá y negocie su entrada al reino de Tierrafértil.

Antes de que se armara la balacera en el cementerio, resultó fácil convencer al dueño de la funeraria pa' que aflojara la carroza. Nos presentamos en la oficina de los Velatorios Lovecraft y ni tuve que soltar billetes. Dije al fulano: tu negocio, esta funeraria, no tiene porque ser tu última parada. Desde que estoy muerto respeto mucho tu trabajo –le expliqué, y abrí el ala de mi saco pa´ exhibir el brillo de mi armamento-, pero hoy ando de mal humor y no permitiré que esos Vesusquis anden de aquí pa´ allá como si tuvieran fuero. Lo único que debes hacer es darles los uniformes de tu funeraria a mis Socios, entregarles las llaves de la carroza y dejar que trasladen el cuerpo pa´ que hagan su chamba. Te compraré otra ranfla si cooperas por las buenas.

Esa propuesta era producto de la sabiduría de la Glauca que corría por mi cuerpo, una oferta que el director del velatorio no pudo rechazar. Sabia elección: me habría dolido darlo de baja. Gracias a su amable cooperación fue que siempre tuvimos el elemento sorpresa de nuestro lado. Con esto logramos que los pocos militares y Vesusquis sobrevivientes salieran huyendo de la balacera y los hombres de la Chichiolina capturaron al Cochul.

Era el momento de tocar retirada, por lo que apachurré el claxon de la carroza y clarito salió el silbido agudo, enredándose con las sirenas de las patrullas que ya se oían casi a la vuelta del panteón.

Xavier G

Capítulo 11
Interrogantes

Una carroza fúnebre es el mejor lugar para conducir un interrogatorio. Es un sitio elocuente en el que los muertos se sienten como en casa; los que están a punto de morir se ponen más sinceros, no escatiman los detalles, hablan como si fuera su última vez: le echan ganas, ¿qué no? Por eso trepé a la carroza, conducida por la Chichiolina a tal velocidad que hasta las tetas le saltaban y, por efecto de la gravedad, se achataban, acomodándose en un solo lado mientras doblábamos, apretadamente, en cada esquina. El canto corrupto de las sirenas se hacía cada vez más pequeño, como una gaver tanteando el frío del Ártico. Por si las dudas le dije al Ciencia Cierta que se estuviera listo con el Mosco, por si caíamos en una redada.

El Cochul permanecía silencioso, pero no porque fuera bien portado, sino porque el Corona lo había esposado. De paso le acomodó un teipazo en el hocico pa' que no mentara a la tal Auxilio y a la tal Socorro, no fuera que alguien lo escuchara y acabara confundiéndolo con un miembro de la sociedad civil. También le había puesto el torniquete en la pierna pa´ que no se desangrara y, de paso, le descargó varios putazos pa´ ablandarlo.

- Pues ya lo sabes mi recabrón –dije al interrogado, antes de tumbarle el teipazo–, ahora eres pasajero del carromato de la muerte, mi Cochul. También sabes que la muerte siempre es justa, no distingue bandos, a todos sonríe igual. Solo te haré una pregunta y, si debo repetirla, lo haré una sola vez, no hay tercera oportunidad. ¿Dónde entregarán el cargamento de Supracoína?
- ¿Quieres que te dé información –dijo el Cochul–, después de que te echaste a mi carnal?
- Solo después de me chingara a mí –respondí–, y por la espalda, después de tantos años de trabajar juntos. No olvidemos que también deshizo a mi jainita, la Chula Estrada, Tierrafértil la tenga en su santa gloria.

En cuanto terminé de decirlo un filo de agua rasgó mis mejillas. Chingá, dije, ¿está lloviendo o qué pedo? Y el Corona dijo: no, mi Jefe, trae lágrimas en los ojos.

- Pues ya ves, Cochul –continué–, la sigo llorando, mi recabrón, así que ya te lo pregunté una vez. Esta es la segunda: ¿qué respondes?

- Mi respuesta es: ni madres, ráscate con tus propias uñas.

Ni pedo, me dije, y para aligerar el pancho que venía a continuación, le puse el teipazo nuevamente. Comencé a olerlo. Estoy buscando un área que huela bien, le dije, pero hueles a mierda de Vesusqui por todas partes. Entonces le solté una mordida en el pecho. Pronto sentí cómo mis colmillos descosían la carne y vi cómo desataban el jugo rojo del Cochul, quien se retorció mientras yo chupaba la recarga de mi batería. Al retirarle de nuevo el teipazo ya estaba más dispuesto a cooperar.

- ¿Tons? –pregunté–, ¿me vas a decir dónde harán la próxima transacción?

- En Playa Frontera, pasado mañana.

- ¿Seguro, cabrón?

- El cargamento es para unos changos de Gringolandia.

- Corona, suéltalo. Dile a la Chichi que pare la carroza.

- ¿Está seguro, mi Jefe? –preguntó el Corona.

- Seguro, déjalo ir.

El Corona le quitó las esposas al Cochul y la Chichi orilló la carroza. Cuando abrí la puerta el Cochul me miró incrédulo.

- Aprovecha que estoy de buenas –dije–, sácate a la gaver, eres libre.

- ¿Me vas a disparar por la espalda? ¿Me vas a matar?

- Yo no mato a los vivos –respondí-, nomás mato a los muertos. Con solo verlos a los ojos sé si están vivos o si ya están amuerteciendo. A los muertos yo nomás les doy un empujoncito y solitos caen en el sueño eterno. Así que no, yo no te voy a matar, los Vesusquis te van a matar, y mejor córrele antes de que me arrepienta y te hinque el diente.

El Cochul no era tan pendejo. Salió volando como si le hubiesen tronado dinamita en el culo. A güevo. El miedo no anda en mula, sino en los carromatos de la muerte.

Capítulo 12
El lugar preciso

Odio las imprecisiones, por eso interrogué al Cochul, no porque quisiera atraparlo, ni pa´ que viera el horror que le esperaba, sino pa´ confirmar algunas teorías, por el bien de Agujero de Nadie, que ya ha sufrido y recibido bastante: patadas de los Vesusquis, desprecio del gobierno, sopapos de los militares y toletazos de la policía, además de los golpes de la madre naturaleza y los chingazos del destino.

Asomé el rostro por la ventana pa´ tragar un poco de aire polvoso. Cuando era un escuincle mi padre solía hablar de una lluvia de tierra, una lluvia que hubiera querido siempre en mi rostro.

Mamá Hechicera dice que es porque tengo nostalgia de la tierra perdida, que es uno de los males que padecemos los Reparados, siempre estamos buscando, inconscientemente, el sueño terrenal, la frazada de ultratumba.

La lluvia de tierra, de la que hablaba mi padre, tuvo su origen en las guerras. Él me confió que Agujero de Nadie nunca participó en el circuito de los Sectores Bélicos del Mundo. Cuando hubo diferencias entre los sectores, las ciudades aisladas fueron las únicas que sobrevivieron a las guerras y al desastre ecológico. Agujero de Nadie fue una de ellas, pues nunca tomó partido y ningún misil alcanzó la base nuclear más cercana del país vecino, de otro modo nos habrían desconchinflado gacho. Después del conflicto quedamos atrapados entre dos lluvias: la lluvia ácida y la lluvia de tierra. La tierra caía del cielo como granizada. Pronto se dedujo que las explosiones de bombas y misiles lanzaron toneladas de tierra y concreto al aire, elevándolas de tal forma que, en algún momento, por la acción de la gravedad, estas se precipitaron sobre diversas zonas. Los sectores sin burbujas de climas artificiales fueron los más afectados.

Una herramienta infalible pa´ chingar a los Vesusquis es la discreción. Mi padre aconsejaba no decir lo que uno está pensando y he seguido ese precepto. Mis Socios deben enterarse de mis planes solo al momento de llevarlos a cabo. Por eso pedí a la Chichiolina que detuviera la carroza e indiqué al Ciencia Cierta que la abordara. Él tenía el dispositivo para monitorear el desplazamiento del Cochul. En cuanto se subió al vehículo le arrebaté el dispositivo y se lo puse en la jeta al Corona Esteroides.

- Ponme atención, Corona —dije—, te quiero apostado a unos doscientos metros de donde sea que nos lleve esta señal. Te encargarás de descontar todo lo que se acerque a la zona de combate.

– Sí, mi Jefe –respondió el Corona–, usaré moto cerrera porque el camino se pone rasposo.

– Escúchenme bien –dije–, la Chichi llamará al Cuartel Glauco pa´ que los Socios se traigan el Mosco, quiero que el Ciencia Cierta lo pilotee. Díganle al Franky que le monte la Tremendona. Ya dije.

Los Socios se fueron masticando mis órdenes. El Cochul, en forma de puntito luminoso, asomaba por el monitor del dispositivo, dirigiéndose hacia el ala sur de Agujero de Nadie. Me gusta la precisión de los radares y la facilidad con que se le puede incrustar una aguja localizadora a un fulano mientras se le aplica una mordida marca "jaguar". El dolor impide al tipejo sentir la introducción de la aguja.

Al acercarnos al punto indicado por el radar pedí al resto del convoy que se mantuviera a un kilómetro de distancia. Primero hicimos un recorrido de exploración a bordo de la carroza. La intención era que la vieran: una carroza en un sitio como ese simbolizaba mi oscuridad hambrienta. Era una ranfla que anunciaba peligro. Todas las casas de seguridad de Plutarco Galván tienen cámaras y torres; lo más probable era que nos identificarían al instante. Pa´ no retrasar más el asunto asomé por el quemacocos y dirigí el tartamudeo de mi metralla hacia la torre de vigilancia: cien puntos por desmadrar a dos Vesusquis avistadores. Enseguida cerré el quemacocos y, antes de apearme, tomé prestado un escudo de la Chichiolina. Así pude cubrirme de los primeros impactos mientras salía de la carroza.

- Chichi –vociferé–, llama a la caballería.

La banda glauca irrumpió con perrón estruendo. La mansión estaba cercada por todos sus flancos; el campo abierto se antojaba pa´ cubrirlo de cadáveres. Tuve que acurrucarme tras el escudo para cubrirme de los primeros impactos.

La tromba de balas limitaba nuestro avance; provenía del segundo piso, donde se apelotonaba un grupo de tiradores guangos: un franco insulto a las artes de la guerra. El Corona, con su brazo de mariscal de campo, lanzó dos granadas y deshizo el nudo de tiradores.

Eso nos dio la oportunidad de acercarnos a la entrada.

Nos pegamos a los muros y aguardamos el impacto de apertura, el cual consistía en abrir un hueco en las fortalezas y agilizar la introducción del grupo en el área de combate frontal. De eso se encargó el Ciencia Cierta, quien traía una Perezosa, como apodábamos de cariño al lanzacohetes RPG-95 calibre 40 milímetros, una chulada de fabricación china, émula de su versión soviética, de uso común en los conflictos de la guerra global.

Aún no se despejaba la humareda cuando nos metimos por el boquete con rapidez, sin perdonar

Vesusquis. Con metralletas y navajas en mano el Corona y yo deshicimos y descosimos a nuestro antojo, pegando una mordida aquí y allá para recobrar fuerzas y acelerar el metabolismo reparador, y así nos fuimos adentrando en el desvergue y el sangrerío. Aquello era un banqueteo canibalístico en el que yo era capaz de identificar la consistencia dolosa y sabrosa de la carne de mis enemigos. Mis Socios Reparados y yo habíamos llegado a la cima de la cadena alimenticia para hacer una masacre gastronómica. Habíamos escalado el Everest de la cadena trófica para crear un escenario donde el alarido seguía a la dentadura. Arrancábamos los alambres sanguinolentos de un cuello y nos zampábamos una loncha de muslo. Nos disputábamos el brazo de un wacho y mandibuleábamos un tórax abierto, rojo y pulposo como una toronja. Daba gusto avanzar como por una galería de arte en el que, en vez de cuadros y esculturas, había hombres con la carne abierta, con licores rojos brotándoles de las heridas, una franca invitación a refinármelos. Era como vivir dentro de una alegre película de terror, comiendo palomitas al mismo tiempo.

La Chichiolina tardó en avanzar porque el humo tachonaba sus ojos. Lo bueno de ser un Reparado es que la mirada nunca se empaña. Nada obnubila la visión de los muertos, por eso me fue fácil asegurar la planta baja y abrirme paso en una escalinata repleta de Vesusquis y militares.

De arriba cayó una granada que por poco nos despanzurra. El Corona la pateó con tal fuerza que salió por una ventana y fue a dar al sótano, donde los Vesusquis resguardaban hartas armas y municiones. Rápido se desataron el chisperío y las detonaciones bajo el suelo y el edificio empezó a cimbrarse.

Aquello parecía un terremoto y apuré al Corona para llegar a la segunda planta. Me recibieron dos militares que disparaban con escuadras y una metralleta pasada de moda. El blindaje me protegió de la mayoría de los impactos, pero una bala me destrozó la oreja. Tuve que descoser al de la metralleta y atragantarme con su corazón. Para pasar el bocado tuve que beberme una pinta de juguito post-mórtem. Los otros militares tropezaron con la mandíbula y los dientes del Corona, hombre de buen comer.

Pateé una puerta y vi al Cochul completamente mojado, amarrado a una tabla. Junto a él había un tambo enorme, lleno de agua, donde seguramente le habían estado aplicando el método del "zambullido". Un Vesusqui asomó por un agujero del techo del piso superior y accionó su escuadra. Algunos de sus disparos dieron en el suelo; otros adornaron el pecho del Cochul con lindos orificios por donde se le escapó el chamoy. El Vesusqui se hundió en el agujero del techo y calculé que la próxima vez que asomara no fallaría, por eso el Corona lanzó una granada al tercer piso, deshaciéndose de él y de unos cuantos wachos.

Pronto escuché el ruido de un helicóptero en la azotea: al parecer, Plutarco Galván se nos quería dar a la fuga Tomé el dispositivo y me comuniqué con el Ciencia Cierta: tráete al Mosco, le indiqué. Al subir a la terraza vi que el Corona disparaba sobre un grupo de militares. Lo secundé con mi ametralladora para avanzar con rapidez, pero ya era demasiado tarde. El helicóptero enemigo se había esfumado. Lo bueno fue que nos dejaron una pieza clave: Juan Saturnino Gaviota emergió de las sombras con las manos en alto.

> — Juan Saturnino –dije–, dichosos los ojos que te wachan, mi recabrón. Saca tus esposas con cuidado y tíraselas a mi Socio.

El Corona bajó su arma para atrapar las esposas, pero en vez de esposas el polizonte sacó una escuadra y me disparó en la mejilla. El Corona se abalanzó sobre Juan Saturnino. Por poco le arranca el pescuezo. Si no le receto una patada en el culo se lo habría merendado en pocos segundos.

> — Cálmate, Corona –le dije–, este cabrón ya me dejó sin cachete, pero no hay pedo, al rato me lo reparo. Volvamos al Cuartel, verás cómo nos divertimos.

El Corona le puso las esposas apretaditas pa´ que sintiera el rigor y lo arrastró escaleras abajo. Me regocijé viendo cómo la cabeza del Saturnino Gaviota rebotaba contra las paredes y los pasamanos de concreto de las escalinatas. Con tanta carne disponible no nos negamos un par de bocados. De pasón pegamos unos mordiscos a los cadáveres tendidos sobre la escalera, aprovechando que todavía estaban calientitos y conseguimos lo que nunca: que los ojos del Saturnino casi se fugaran de sus cuencas, al ver cómo recargábamos las pilas a mandíbula batiente.

> – Debe ser todo un privilegio vernos tragar así – dije, mientras luchaba con un pedazo de cartílago-, ¿verdad, comandante? Fingerlickin´good.

Al llegar a la planta baja sorprendimos al Gonzo con el hocico metido en las tripas de un militar. Ordené a los Socios que subieran el cadáver del Cochul a la carroza y una dotación de difuntos pa´ la cena, pues la mezcla de carne humana con Glauca ayudaba a corregir nuestros tejidos más madreados.

Capítulo 13
La negociación

Sentí como si el filo de una navaja se abriera paso en mi cerebro: era un dolor moral, un ardor culposo, haber perdido la oportunidad de refinarme al Vesusqui Mayor, Plutarco Galván. Convoqué una junta para revisar lo sucedido. Estaba ansioso por saber qué le pasó al Ciencia Cierta y al Mosco, por qué no se presentaron a tiempo. Sin embargo, lo primero era lo inicial, nunca lo posterior, y llamé al Paisa pa´ que se aventara la mezcla de yerba y carne. La quiero lista después de la junta, ordené, con mucha víscera y moronga que es como más se estila. Luego vi cómo el Corona metía a Juan Saturnino Gaviota a la Amansaleones, o sea, a la jaula que tenemos en el sótano: donde entran fieras y salen corderos. En la sala de juntas me esperaban ya el Ciencia Cierta, el Gonzo Pilato, el Tícher, el Corona y…

– No empezaremos la reunión sin la Chichi – dije–, llámenla.

– Mi Máster –dijo el Ciencia Cierta–, el Mosco tenía una fuga de combustible y no pudo despegar.

- ¡¿Qué no oíste, Ciencia Cierta?! No quiero más comentarios hasta que llegue la Chichiolina.

- Ella no va a regresar, mi Máster –continuó el Ciencia Cierta–, Plutarco Galván llamó a sus refuerzos al ver nuestra carroza, pero no llegaron a tiempo, iban retrasados, y en el camino coincidieron con la camioneta donde viajaban la Chichiolina y sus compinches, el Tavo y el Tito. El Tavo y el Tito ya están con Tierrafértil.

- Primero me fallas con el Mosco –dije–, cuando más te necesitaba. ¡Y ahora me sales con esta chingadera!

Sentí una marejada de balas mordiéndome el cráneo y, sin avisar, me abalancé sobre el Ciencia Cierta con ganas de destriparlo. Aferré su cuello con rabia y percibí el pulso de mi Socio.

Su flujo sanguíneo se comunicó con mis dedos, me habló con lenguaje táctil y, a su vez, visual. Aún con ganas de descoserlo, las imágenes que se proyectaban en mi choya me trasladaron a Selva del Cielo, al momento en que el Cantárido abrió su tronco y los rayos del sol cayeron en mi carne reparada, animándome a salir. Mis manos se engarrotaron, liberando el cuello del Ciencia Cierta. Su pulso le había puesto un cachetadón a mi conciencia, comunicándome así que el Socio era inocente, leal, e intocable para cualquier Reparado. La savia del Teporingo y el bálsamo de la Intravida seguían operando cambios subterráneos en mi cuerpo; me impedían chingar a un inocente. Los rostros desencajados de los Socios me expulsaron de esa pausa reflexiva. Entonces tomé al Ciencia Cierta por la cabeza y lo atraje hacia mí, clavándole una mirada profunda.

- Estás limpio, Ciencia Cierta —dije—, eres confiable. Ni pedo. Tendremos que negociar un intercambio con esos pendejos, pero será hasta mañana. Necesitamos reposo y reparación. No me vuelvas a fallar, ahora sí es indispensable que el Mosco quede en buen estado.

- Sí, mi Máster —respondió el Ciencia Cierta—, mañana estará listo.

- Por lo pronto —añadí—, el Gonzo y el Tícher trasladarán el cadáver del Cochul a Selva del Cielo. Lo quiero Reparadito lo antes posible. Llévenselo a Chona Sabina. Su magia es sabia y fidedigna.

- ¿Está seguro, Jefazo? —intervino el Gonzo—, es peligroso que le dé poder al hermano de un traidor.

- No mames, Gonzo —reí y me bebí un mezcalito mentalmente—, cuando el Cochul vuelva en sí se acordará de quién fue a rescatarlo, también de quién le advirtió que los Vesusquis lo matarían. Seguro también recordará la calentadita, o ahogadita, mejor dicho, que le puso Plutarco.

Por la mañana prendí el altomonitor para wachar el noticiero matutino y me topé con la Videopibe de siempre. De la mansión de los Vesusquis solo quedaba un esqueleto ennegrecido. Bomberos, policías y paramédicos se movilizaban como un enjambre de hormigas asustadas. Uno de los encuadres mostró unas cuantas decenas de cadáveres cubiertos con sábanas blancas y el corazón se me sacudió con estrilosa alegría. En cambio, la Videopibe fingía muy bien su consternación frente a la cámara:

- Este es el tercer tiroteo en lo que va de la semana. Algunos testigos sostienen que fue obra de Gabriel Villa, contradiciendo la versión oficial de que este había muerto en un enfrentamiento entre cárteles. Lo que inició como un duelo de bandos contrarios se ha convertido en una historia de terror, en un mito de ultratumba que sorprende a propios y extraños, y hay quienes afirman que se trata de un engaño, de una táctica paramilitar. Se rumora que uno de los llamados "Socios" se disfraza de Gabriel Villa y aprovecha esa impostura para mantener la cohesión del Clan Glauco. Las autoridades no han encontrado a los responsables de los ataques, como el que le presentamos la semana pasada y que tuvo lugar en el Panteón Jardín, cuando miembros del Clan Glauco irrumpieron en el entierro del maleante conocido como "El Mocol", con una entrada espectacular a cargo del supuesto Gabriel Villa, quien, de acuerdo a testimonios de sobrevivientes, salió del sarcófago para disparar a los familiares del occiso y causar varias bajas en el grupo Vesusqui. La guerra entre la banda del Clan Glauco y los Vesusquis continuó aquí hoy, en esta mansión que se presume propiedad de Plutarco Galván…

Y blah blah blah: la Videopibe ya estaba acercándose a la verdad, pero la gente del Alcalde no tardaría en sepultarla bajo montones de mierda boletinada. Estaba a punto de apagar la caja de mentiras cuando escuché mi nombre nuevamente:

- Los informes preliminares indican que los cadáveres de algunos Vesusquis y soldados exhiben mordidas profundas. Sin embargo, el equipo forense desconoce el origen de estas heridas y pronto se reunirá con especialistas en la materia para realizar las investigaciones correspondientes.

Apagué el altomonitor y pedí al Paisa que me hiciera el desayuno. Lo disfruté enormemente. Me sorprendí de lo agudizado que estaba mi sentido del gusto: a cada mordida pude identificar si la carne era de Vesusqui o de wacho y pude ver con claridad algunas de las malandrinadas cometidas por cada uno. Incluso recordé lo que me había dicho Chona Sabina en cuanto a eso, que la muerte reconocía el dolo y la mala voluntad del vivo, además de esclarecer el pasado perverso del difunto.

Fui a la habitación del Corona y le dije: vamos a visitar al comandante, dile a uno de los Socios que tenga lista una cámara porque esta tarde enviaré un mensaje urgente.

Nos reunimos en el sótano y nos dirigimos a la Amansaleones. Juan Saturnino Gaviota nos saludó con un movimiento de cabeza desde la silla donde lo teníamos amarrado. Lueguito le tumbé el teipazo de la boca pa´ que pudiera responder a mis preguntas.

– Buenos días, comandante –saludé, pues lo cortés no quita lo chinguetas-, seguramente querrás tu desayuno, pero hoy no será. Venimos en son de guerra. Hay una batalla a la que debemos hacer frente y, por desgracia, caíste del lado equivocado. Te lo preguntaré solo una vez: ¿dónde está Plutarco Galván? Y no quiero que me digas dónde va a estar mañana ni pasado, sino ahora.

– No lo sé –respondió el comandante-, es la puritita verdad. No lo sé.

– Tuviste tu oportunidad.

Acerqué mi rostro a las piernas del Comandante y comencé a olisquearlo. Huele a polizonte corrupto, dije, y le pegué un mordidón en cada pierna. El comandante empezó a vociferar: que esas no eran maneras, que éramos unos salvajes. Tuve que ponerle el teipazo de nuevo pa´ no escuchar el español culto que parlaba el polizonte.

– Deberías dedicarte a otra cosa, comandante – dije–, lueguito se ve que esto no es lo tuyo. Esa máquina que ves ahí la consiguió uno de los Socios. Es una herramienta de tortura que fue descontinuada por considerarse demasiado brutal. Te encantará. Corona, conéctalo pa´ que vaya entrando en calor.

Mi Socio sembró las puntas pelonas de los cables en las heridas que infligí a Saturnino y encendió la máquina. Luego movió la palanca de voltaje hasta que la aguja del voltímetro llegó a la mitad. Oprimió el botón de descarga y Juan Saturnino Gaviota comenzó a convulsionarse, como si ensayara el Pasito de la Muerte. Clarito imaginé la rola de fondo:

> Dispárame por la espalda
> El miedo te hará perder
> Tus balazos son de salva
> Nunca me verás caer

El Corona cortó la descarga y un olor a chamuscado inundó la Amansaleones, abriéndome el apetito.

– Te daré tiempo de que pienses en dónde puede estar Plutarco Galván –dije a Saturnino–. De ahora en adelante el Corona Esteroides será tu celador. Vendrá a visitarte de vez en cuando hasta que recapacites.

– Mi Jefe –dijo el Corona–, me acaban de informar que alguien lo busca allá arriba.

– Tá bueno pues, cuídame al comandante. Haz con él lo que quieras, pero no te lo chingues: es pieza clave.

Volví a la planta principal. Un Socio me comunicó que el teniente Guardado solicitaba audiencia. Cuando entré a la sala de juntas el teniente observaba el retrato de mi padre: una pintura hecha por un Plañidero que trabajó para los Socios, y a quien tuve que dar de baja por andar jugando en ambos bandos. La pintó en los tiempos en que los Plañideros aún eran libres y no bufones exclusivos de la Corte de los Malandros.

Andrés Guardado sostenía su sombrero como si quisiera apachurrarlo. Al escuchar mis pasos pareció sobresaltarse y viró su rostro hacia mí:

- Eran tiempos mejores, Gabriel –dijo Guardado-, tu padre hizo mucho por Agujero de Nadie.

- Te diría que todo tiempo pasado fue peor –afirmé–, pero Agujero de Nadie no ha cambiado mucho, y lo sabes, la ciudad está igual de jodida que antes. Vivimos en una ciudad sin ley, donde gobierno y Vesusquis son compadritos, ¿qué no?

- A ti te ha ido bien con la venta de narcóticos – dijo Guardado–, ¿o me equivoco?

- Te equivocas porque ni siquiera sabes lo que es un narcótico –dije–, te invito a que consultes el diccionario de Selva del Cielo, así sabrás que la Glauca es una yerba sagrada, no un narcótico. En cambio, al gobierno de Agujero de Nadie, y especialmente al Alcalde, le ha ido muy bien con la venta de Supracoína desde que pactó con Galván. Y si el gobierno de Agujero de Nadie no le entró a la legalización fue porque al Alcalde no le convenía. Pero no quiero seguir ilustrándote con historias. Mejor di a qué vienes porque me ocupan muchos asuntos.

- No te quito mucho tiempo –dijo Andrés Guardado–, conozco perfectamente el lugar donde estoy parado y también tu trayectoria. Solo quería escucharlo de tus labios. Nunca había tenido la oportunidad de hacerlo, pues tenemos profesiones que nos separan. Vengo de parte del Alcalde a negociar la liberación de Juan Saturnino Gaviota. No estoy de acuerdo con este procedimiento, pero me envía el Alcalde con este video y no puedo sino acatar la orden.

Guardado extrajo un dispositivo de memoria virtual. Lo vinculó a la computadora de la sala y la pantalla reprodujo la escena esperada: los cuerpos del Tavo y el Tito parecían desperdicios de tanto que los habían machacado. Solo la Chichiolina seguía viva, atada de manos y pies, colgada de las muñecas, los ojos amoratados, hilos de sangre seca surcando su rostro. Un encapuchado se metió en la escena y, con un cuchillo, empezó a acariciar las tetas de la Chichiolina:

– Las tetas serán lo primero que corte –dijo el encapuchado–, será mejor que sigan las instrucciones. Nos vemos en el Monte de los Olivos, mañana a las siete horas.

La grabación se cortó de repente. Viré mi rostro hacia Guardado, con ganas de arrancarle la cabeza, pero este retrocedió:

– No estaba enterado del contenido –dijo–, solo soy el mensajero, pero repruebo estas acciones. Dile a tus Socios que cuenten con mi apoyo.

– No lo necesitarán –dije–, pero yo sí te pediré un favor.

– ¿Cuál?

– El Alcalde espera mi respuesta, ¿qué no?

– Así es.

– Quiero enviarle un video realizado por mí, pero también necesito que un público más amplio lo conozca. ¿Me entiendes?

– Creo que ya estoy entendiendo –dijo el teniente Guardado–, estoy dispuesto a respaldarte.

Xavier G

Capítulo 14
El video

> *La muerte nace, / su risa crece y arrecia /*
> *hacia todas partes. / La muerte vive*
> *otras muertes, / mata otras vidas, /*
> *mas nunca muere / su verdadera vida.*
> Filemón Turbado

Pedí a Guardado que enviara a alguien más tarde a recoger copias de la grabación. Puse mis condiciones en cuanto al contenido del video: el mensaje lo daría yo, a cuadro, sin que se le mochara o agregara nada.

Apenas acababa de despedir al teniente cuando ya tenía otras visitas inesperadas y di la orden de que les facilitaran el acceso. Entró Láila, viuda del Mocol, con una minifalda de piel entalladísima, estrilando la pulsera de hojas de Glauca tatuada como ajorca alrededor de su tobillo. Tras ella, con un pantaloncillo corto que destacaba un par de sabrosuras musculosas, la Xóchitl también franqueó la entrada.

- Estamos en peligro –dijo Láila–, los Vesusquis mataron al Cochul y no hay nadie que nos proteja. Pensamos que necesitarías compañía, como nosotras necesitamos la tuya.

–   Sí –intervino la Xóchitl–, además, un Jefe debe estar acompañado en estos tiempos de guerra.

–   Tá bueno –dije, soltando un manotazo en las nalgas de la Xóchitl–, vayan con el Paisa si quieren desayunar. Hablen con uno de los Socios pa´ que les dé una habitación.

–   Preferimos compartir la tuya –dijo Láila–, si es que no está ocupada ya por una bataclana.

–   Nomás les advierto que mi cuarto está lleno de tierra, y así quiero que lo dejen. Si no tienen pedo con eso, pueden quedarse.

Xóchitl y Láila se me encaramaron. A cada caricia recibida respondí con otras: mis manos, como garras mansas, dirigidas a sus hinchazones; mis labios, como pirañas, en busca de carnosidades. De ahí a la cama: perdido en un fabuloso triángulo de las Bermudas.

Más tarde junté a la clicka pa´ proyectarles el video enviado por Galván donde se mostraba que la Chichi era su rehén. Les informé que yo mismo iba a grabar un videíto en respuesta al de Galván y que en unas horas alguien iba a venir a recoger las copias. Luego giré instrucciones para organizar una avanzada esa misma tarde:

–   La Chichiolina nos necesita –dije–, también enviaré una copia del video a la gente de Juan

Saturnino Gaviota. Pondré un dispositivo de localización en cada grabación. Cuando una de ellas llegue a manos de Galván sabremos dónde encontrar a nuestra Socia. Así que preparen vehículos, armas y equipo necesario. Esto que hago por la Chichi es lo mismo que haría por cualquiera de ustedes. El Clan Glauco no abandona a su gente. ¡A darle!

Mandé a uno de los Socios a recoger el equipo de grabación y aproveché para bajar al sótano. Bajé confiado, sin mucha expectativa, y fue entonces que vi al Corona haciendo una de tantas cosas que sabía hacer. Preferí no interrumpirlo y volví a la sala de juntas donde el Tícher ya había instalado el equipo. Me paré frente al ojo de la cámara y recité el monólogo memorizado. Al terminar de grabarlo el Tícher me preguntó si este mensaje sería el mismo que entregaría a los enviados de Andrés Guardado. Le respondí que sí y que en vez de hacer preguntas mejor se fuera yendo rapidito a entregar las copias del video.

Por la tarde llegaron otros visitantes, a quienes atendí como se merecían. Les entregué otras copias del video, pero sin darles información de más, no fuera a ser que trabajaran pa´ los Vesusquis, pues en Agujero de Nadie todo es posible: que la tundra conviva con el desierto, que las cabezas de los Socios tengan precio, que el gobierno y los Vesusquis hagan redadas para secuestrar empresarios, que los medios de comunicación sean los primeros engañados en la cadena informativa, que lo dañino sea visto como benéfico y viceversa, y que el Alcalde, por si fuera poco, se comporte como un defensor del crimen organizado.

La estrategia rindió frutos. Mi dispositivo avisó que el video estaba en movimiento, acababa de salir de la oficina del Alcalde y su próximo paradero sería el escondite de Plutarco Galván. Llamé al Corona Esteroides y al Ciencia Cierta pa´ que informaran a los Socios que debíamos salir cuanto antes, con toda la artillería pa´ desmadrar Vesusquis, polizontes, militares y todo lo que se pusiera enfrente.

El Corona Esteroides sacó a Juan Saturnino Gaviota de la jaula y lo subió a la carroza. Cuando vi que Juan Saturnino andaba sin esposas estuve a punto de descargarle un chingazo, pero el Corona Esteroides me detuvo:

- Jefe Gabriel –dijo el Corona–, no tiene de qué preocuparse. El comandante está dispuesto a cooperar con el Clan.

- Si así lo quieres, adelante –dije–, pero te advierto que Saturnino Gaviota ha colaborado con los Vesusquis por muchos años. Lo que suceda con el comandante será tu responsabilidad. ¿De acuerdo?

- Yo me hago responsable –respondió–, no hay pedo.

Tras esa advertencia dejé que Juan Saturnino abordara la unidad, como si fuera uno de los nuestros. Total: yo ya estaba muerto y no tenía bronca en volver a ser muerto después de muerto. Si la muerte se multiplica dentro de mí, no habrá miedo que me cante un tiro.

La señal del radar nos guió hacia las afueras de Agujero de Nadie, una zona que fue reconstruida años atrás, luego de que los climas trastornaran la geografía de todo el sector. El área estaba cubierta por arboledas amplias. Varios ranchos se levantaban en su centro, flanqueados por dos ríos que atravesaban Selva del Cielo y desembocaban en el Pacífico. El camino, árido y terregoso, carecía de alumbrado y se retorcía cual nerviosa serpiente. Sospeché que los Vesusquis concentraban gran parte de su arsenal en esa zona y activé el dispositivo para hablar con el Ciencia Cierta:

- Quiero que vayas con el Mosco por delante. Dile al Franky que destruya la torre de vigilancia y desmadre el helicóptero o avioneta o cualquier posibilidad de fuga de Plutarco.

- Sí, mi Máster –respondió el Ciencia Cierta–, esta vez no fallaré.

El Ciencia Cierta cumplió su palabra. A través de la cámara del Mosco contemplé la caída de la torre de vigilancia. El tartamudeo de la Tremendona que el

Ciencia Cierta le puso al ave sonaba como música para mis oídos, perfectas percusiones como soundtrack de una masacre. El Mosco pasó de largo sobre el rancho y viró de nuevo hacia este para disparar contra un almacén aledaño. Entonces di la señal de ataque por tierra y los vehículos de los Socios entraron en la zona.

– Quiero que tres vehículos se queden con un chofer y un tirador –indiqué por el dispositivo al Ciencia Cierta–, diles que se escondan en la arboleda. Son nuestro seguro de vida. No lo olvides.

– Sí, mi Máster –dijo el Ciencia Cierta–, me quedaré con ellos. Traigo un lanzacohetes, por si se requiere.

– Entonces dile al Franky que lo estrene ya, que dirija el cuetazo hacia la entrada.

Dicho esto, los Socios aguardaron frente al rancho, en sus respectivas unidades. Varios militares salieron por la entrada principal y apenas comenzaban a ocupar sus sitios cuando el cohete deshizo el portón, desmadrando el primer piso: una estrella de despojos brilló con espectacularidad, recreándome la pupila. Luego di la orden de avanzar y el Corona bajó de la carroza, encañonando a Juan Saturnino Gaviota, quien ya traía puestas las esposas. Estuve a punto de decirle al Corona que cuidara la mercancía, pero mi apetito pudo más, haciéndome correr hacia la entrada. Avancé accionando mi ametralladora y cocí a tres wachos a balazos. A mi paso encontré a un soldado moribundo y, con una mordida en el cuello, lo ayudé a despedirse de su miserable existencia. Subí la escalera cuando algunos de mis Socios se enfrentaban a los Vesusquis.

> – Alto al fuego –grité, investido de autoridad mortuoria–, traigo al comandante Saturnino. Estamos listos pa´ negociar.

El tiroteo se detuvo un momento y subí para acabar lo que mis Socios habían comenzado. Ninguno se resistió: los cuatros Vesusquis cayeron bajo mi puntería. Hundí el hocico en el pecho de uno de ellos para degustar sus últimos latidos. El Corona hizo lo mismo con otro, ante la vista desorbitada de Juan Saturnino. Será mejor que te vayas acostumbrando, comandante, dije, y disparé a otro Vesusqui que salió de una puerta. Alcé el localizador y vi que la señal apuntaba a ese cuarto por donde asomó el muerto más reciente. Escuché el timbre de mi dispositivo. Estaba a punto de tomarlo cuando una granizada de disparos me mandó al suelo. Rodé hacia un flanco de la escalera. Luego me arrastré hacia uno de los pilares de la casa, resguardándome tras él. Al verme, el Corona se llevó un dedo a los labios, pidiéndome silencio, y me guiñó un ojo.

> – ¡Plutarco Galván! –gritó el Corona–, sabemos que estás ahí, sabemos que tienes a la Chichiolina. Le acaban de disparar al Jefe

Villa, está fuera de combate. Ya nomás falta hacer el intercambio. Si no me entregas a la Chichi al comandante se lo carga la gaver. ¡Díselo, Saturnino! ¡Dile que no estoy jugando, cabrón!

–   ¡Aquí estoy, Plutarco! –dijo el comandante–, ¡estoy listo para el intercambio!

–   ¡Vamos a entrar! –informó el Corona–, ¡no disparen o el comandante se despide!

Hice mi señal de aprobación con el pulgar derecho y vi al Corona empujar a Juan Saturnino hasta la puerta. Tomé mi dispositivo y, al ver la llamada perdida del Ciencia Cierta, marqué de inmediato:

–   ¿Qué hay?

–   Mi Máster –exclamó el Ciencia Cierta–, el helicóptero está en el techo.

–   No uses cohetes, ni granadas –le advertí–, si lo haces nos pasas a chingar a todos. Si tienes que disparar hazlo con la Tararera, pero no lo hagas hasta que veas a Galván. ¿Entendido?

–   Entendido, mi Máster –respondió–, pero le aviso que arriba también hay tres changos preparando el helicóptero Vesusqui.

–   Entendido. Cambio y fuera.

La puerta de la habitación se abrió. El Corona empujó a Juan Saturnino y, cuando apenas me incorporaba, sonaron varios disparos. Avancé de inmediato y, al asomarme, vi a un Vesusqui con un agujero en la frente que le había hecho el Corona al franquear el marco. También vi a la Chichiolina colgada, aún con vida y fuera de peligro; pero a Saturnino Galván no le fue tan bien como a la Chichi: se le veía un agujero humeante en una de las sienes, con el respectivo juguito de la existencia escurriéndole hasta el mentón.

El Corona ascendió por la escalera hacia el techo y lo seguí. Escuché el canto roñoso del Mosco y, al llegar arriba, vi al Corona disputarse la cancha a balazos con dos militares. También estaban ahí los tres changos que había mentado el Ciencia Cierta, preparándose para despegar a bordo del Cinta Negra, el heli de los Vesusquis. Una rociadita de mi ametralladora fue suficiente para aplacarlos.

Caminé hacia el otro lado de la terraza y vi a Plutarco Galván oculto tras un baúl metálico. Nomás asomaba la punta de su escuadra y disparaba al azar, cegado por los fanales del helicóptero, pero tuve que aplazar su muerte porque otro wacho empezó a dispararme. Una de sus balas pegó en mi pechera y le devolví el fuego rapidito pa' desinflarlo. Enseguida me dirigí hacia el baúl, con cautela, pero el Mosco soltó sus escupitajos mortales en el momento en que otro Vesusqui salía del baúl. El Ciencia Cierta había notado su presencia. No quiso arriesgarse a que el

Vesusqui me disparara, estando yo tan cerca, y ordenó al Franky que soltara el granizo. Avancé hasta el baúl, y tras este descubrí a Plutarco Galván, hecho un ovillo, completamente agujereado, acabado como acaban todos los que pelean el Agujero de Nadie.

Capítulo 15
Recuento

> *The world is a big crime scene.*
> Nas and Damian Marley

Bajas del Clan Glauco: cero. Bajas de los Vesusquis (contando a los militares): un chingo. Nivel de destrucción: medio.

Me perdí la mejor parte del espectáculo, o sea, la desmadrada que le dio el Franky a Galván, y todo por andar perdiendo el tiempo con el pinche dispositivo. Ni pedo, quise asegurarme de que el Mosco apoyara el rescate y ahí están las consecuencias: dos agujeros en mis hombros y un rozón en la cabeza, además de un itacate con restos de Vesusquis y wachos que luego mezclaríamos con la Glauca pa´ asegurar el sueño reparador. No voy a mentir: cuando vi el cadáver de Plutarco Galván me bebí un mezcalito mentalmente, a la salud del occiso, claro está lo absurdo: un occiso saludable es aquel que muere bien. Lo que nunca imaginé fue el dramático desenlace de Juan Saturnino Gaviota, otrora comandante de la policía de Agujero de Nadie.

No negaré lo que vi esa tarde en la jaula del sótano: Saturnino Gaviota gimiendo en sus cuatro, recibiendo las embestidas del Corona Esteroides. No quise interrumpirlos porque me cae en la punta de la gaver que le entorpezcan a uno el orgasmo. Por eso me confié cuando el comandante subió a la carroza como si nada, pues ya contaba con el aval del Corona, un aval musculoso, por cierto, y con buen apetito pa´ revolcarse en la cama con sus iguales.

Al bajar de la carroza, en el rancho de los Vesusquis, tuve claro que el Corona tenía al comandante bien asegurado, esposadito y cooperativo.

En medio del fuego, cuando los tiros me enviaron al suelo, le seguí el rollo al Corona, total: que se sintieran seguros, que creyeran que Gabriel Villa estaba deshabilitado por las balas.

Fue una buena ocurrencia del Corona, pero nunca estuve al tanto del plan que él y Saturnino habían tramado. Por supuesto: me perdí el momento en que el Corona entró empujando a Saturnino Gaviota. La Chichiolina colgaba del techo, en su cuello relucía la presión ejercida por la punta de la navaja que en ese momento empuñaba Plutarco. Un Vesusqui apuntaba con una escuadra nueve milímetros al Corona Esteroides. Juan Saturnino tenía las esposas mal puestas, sin llave, adrede, y así se abalanzó sobre Plutarco Galván. Forcejearon unos segundos cuando el Vesusqui disparó contra el comandante. El Corona despidió al tirador de un fuskazo y fue tras Galván. Lo demás es el recuento: el comandante ultimado y

Galván vencido, abortado por la vida para siempre, gracias al Franky, que nunca falla con la Tararera.

¿Cómo iba a saber que entre el comandante y el Corona había algo más que un simple intercambio de fluidos? El Corona Esteroides me pidió, como un favor personal, que enviara el cadáver del comandante a Selva del Cielo. No le negué ese capricho, finalmente el Corona podía hacer de su culo un papalote y si quería cogerse a Juan Saturnino Gaviota muy su pedo. Total: que lo sometiera al proceso de reparación y a una transfusión de Intravida, la sustancia espiritual que cose sensaciones y memorias al cadáver al que pertenecieron.

Prometí al Corona que enviaríamos el cuerpo en cuanto el Gonzo y el Tícher regresaran de Selva del Cielo, a donde habían llevado al Cochul.

Enseguida volví a reunir a los Socios, excepto a la Chichiolina, a quien le di vacaciones, pues ya se las merecía desde que me rescató del Almacén de Cuerpos. Vi a los Socios en la sala de juntas. Quise que wacharan el resultado de mi grabación. El Corona encendió el altomonitor justo cuando se anunciaba el platillo fuerte:

– Agujero de Nadie ha sido el escenario de varias matanzas en días recientes. Se ha hablado de ajustes de cuentas entre Vesusquis y Glaucos. Nuestra Videopibe ha obtenido un mensaje de Gabriel Villa, actual líder del Clan Glauco. A continuación reproducimos el mensaje, amable altoespectador, para que usted mismo juzgue estos hechos.

La Videopibe apareció a cuadro y, a manera de introducción, habló sobre las muertes del Mocol y el Cochul a manos de los Vesusquis, así como de la desaparición de Juan Saturnino Gaviota. Finalmente dijo "este es el mensaje de Gabriel Villa":

– Mi nombre es Gabriel Villa –dije, desde la pantalla–, soy Jefe del Clan Glauco, responsable de los tiroteos en las casas de seguridad de los Vesusquis y de la muerte de algunos criminales que ya estaban muertos desde antes que los conociera. El mensaje que tengo para los habitantes de Agujero de Nadie es simple: hemos analizado la Supracoína que distribuyen los Vesusquis y descubrimos que ha sido adulterada. Contiene un compuesto novedoso, altamente dañino. De acuerdo con mi compadre, el Agrónomo, el uso continuo de este narcótico destruye los vasos sanguíneos, produciendo terribles hemorragias internas. He entregado a la Videopibe de este noticiero una muestra de la Supracoína para que sean civiles quienes gestionen pruebas posteriores. Para ello tendrán que comparar la Supracoína que he entregado con la que se distribuye y es importante mencionar que aún no se aplica la ley contra los responsables, a quienes los agujerenses conocen de sobra. No confíen en la Supracoína que proponga el Alcalde al momento de hacer las pruebas, pues como ustedes saben, el gobierno favorece las operaciones de los Vesusquis. Cambio y fuera.

El noticiero siguió su marcha en el altomonitor, convirtiéndose en un esperadísimo blah blah blah y ñacuaracuacuá sobre el suceso histórico que acababan de transmitir, y sobre mi "fuerte señalamiento" de que el gobierno y los Vesusquis andaban coludidos, protegiéndose y oliéndose el culo mutuamente. Luego transmitieron una discusión entre especialistas miopes. Un largo blah blah blah y ñacuaracuacuá, de güeva, me hizo bostezar y recordar que el itacate me esperaba en la cocina del Paisa. Estaba a punto de apagar el altomonitor cuando la Videopibe soltó dos noticias de último momento:

– Nuestros Videopibes informan que hubo otro enfrentamiento a las afueras de Agujero de Nadie. Durante el tiroteo, se sospecha, perdió la vida Plutarco Galván, pero aún están por confirmarnos si efectivamente se trata del líder de los Vesusquis. También nos informan que hace unos minutos tuvo lugar otro enfrentamiento en Selva del Cielo. Se especula que algunos campesinos del Clan Glauco perecieron durante el ataque.

Xavier G

Capítulo 16
Los Gordos

The media misleads / Scares you to the point /
Where you miss sleep.
Nas and Damian Marley

La noticia de la muerte de los Socios labradores cayó como guadañazo en mi hígado. Estuve despierto toda la noche.

Intenté comunicarme con el Tícher, el Gonzo y el Agrónomo sin obtener respuesta. La situación me produjo un dolor punzante en los güevos: si los Socios no respondían era porque habían sido abatidos. El Agrónomo me preocupaba más que cualquier otro, pues él no es un Reparado. Además, su conocimiento sobre Selva del Cielo es superior al de cualquiera de los Socios. Es el único especialista en siembra de Glauca y su talento para coordinar a los hombres del campo es inigualable.

Llamé al Corona Esteroides y le dije: prepárate y repárate porque no sabemos qué nos espera. El Paisa trajo la Glauca y la revolvió con carne de Vesusquis. Mientras canibalizábamos la merienda, el Corona me recordó la promesa que le había hecho: la de reparar a Juan Saturnino Gaviota.

- No podemos movernos hasta no tener un reporte de lo sucedido –le advertí–. Si entramos a Selva del Cielo y los Vesusquis nos localizan ni siquiera nos dispararán, les interesa más la sabiduría de Chona. No la voy a exponer al peligro. Lo único que me tranquiliza es que la Videopibe no la mencionó. Aún hay esperanzas.

El sol ya entraba por las ventanas de la Base con puntapiés luminosos, disparaba sus ácidos esplendentes sobre Agujero de Nadie, cuando apareció un Socio anunciando que teníamos visita.

El Agrónomo entró a la sala de juntas, apoyándose en el hombro del Paisa. Arrastraba la pierna derecha, cubierta de sangre y con un torniquete que contenía, a medias, la hemorragia. Di aviso de que llamaran al doctor de cabecera. El Corona y el Ciencia Cierta también entraron en la sala y ayudaron al Agrónomo a recostarse en un sillón amplio. Pronto comenzó a escupir lo sucedido.

Había escapado del tiroteo, según dijo, arrastrándose fuera del sembradío. Sin linterna tuvo que guiarse con la luz de los cocuyos para atravesar la espesura. Cruzó la ciénaga en una barca, discretamente recostado, dejándose ir con la corriente para no ser visto.

- Entraron al sembradío sin avisar –contó el Agrónomo-, chingaron a los vigías con silenciador, por eso ni cuenta nos dimos cuando las ametralladoras y las AK-47 ya estaban sobre nosotros. También desmadraron el cuerpo del Cochul. Ni chance le dieron a Chona de meterlo adentro del Cantárido. Lo deshicieron a balazos y machetazos. Hubo un chingo de muertos, Jefe Villa, no se imagina cuánta sangre tiñó las ramas de Glauca. Lo que era verde se hizo rojo y yo me escabullí hasta la cabaña para avisar a Mamá Titsa y a los Socios.

– ¿Cómo dieron con el sembradío?

– El radar, Jefe Villa, lo plantaron en el cadáver del Cochul.

– Pinche suerte –dije–, nos copiaron la estrategia y se llevaron a nuestro vengador entre las patas. ¿Quiénes eran los tiradores?

– Fueron los Gordos, Jefe –respondió–, los pinches Gordos. Romina Jáuregui los deja salir del Penal Transparente por las noches. Por eso llegaron en vehículo oficial, según ellos muy encapuchados, pero la obesidad y las indicaciones que daban los delataron. Luego según ellos fingen que hablan como militares, pero también los delata el acento de barrio bajo. Por eso sé que fueron ellos.

– Luego nos ocuparemos de la Jáuregui –dije–. Ahora dime, ¿cómo está Mamá Titsa?

– A salvo. Cuando llegué a la cabaña Mamá Titsa estaba a punto de inyectarle la Intravida al Cochul. El Gonzo y el Tícher estaban con ella. Cuando les dije que eran los Gordos los que nos habían chingado, el Gonzo me entregó una escuadra y dijo que me fuera volando al Cuartel. Chona Sabina me entregó un cayado donde apoyarme, siempre tan linda, y se metió a la Cueva del Ahuehuete para acceder al pasadizo secreto.

– ¿Por qué no vinieron el Tícher o el Gonzo contigo?

– No querían arriesgar a Chona Sabina – continuó el Agrónomo–, el Tícher dijo que se iban a quedar a protegerla y que entregarían el pellejo si era necesario.

– Buena movida. ¿Hay algo más? ¿Dónde están los Gordos ahora?

– Se apoderaron de Selva del Cielo –respondió– , los campesinos que quedaron con vida seguro ya son prisioneros. Lo peor es que los Gordos ya saben dónde está el Cantárido. Jefe Villa, ¿es cierto que usted mató a Plutarco Galván?

– Me hubiera encantado –dije y me bebí un mezcalito mentalmente–, pero el Ciencia Cierta fue quien se lo descontó a Tierrafértil. Se lo puso a modo al Franky y este disparó con mucha precisión, si no, nos hubiera descacharrado a todos en el techo. No debí dejar el cadáver de Galván, pero ya ni pedo.

- ¿Qué haremos, mi Jefe? –intervino el Corona.

- No podemos ir en busca de Chona Sabina –respondí–, así le allanaríamos el camino a los Gordos. Ciencia Cierta: llévate al Franky a hacer un recorrido de exploración. Disparen solo si es necesario, no pongan en peligro a los campesinos. Necesito saber cuál es el estado actual de Selva del Cielo. No te arriesgues, Ciencia Cierta, los Gordos son grupo de élite, no saben fallar. En cuanto tengas noticias repórtate al Cuartel.

- ¿Qué haremos nosotros, mi Jefe? –inquirió el Corona.

- Comunícame con el teniente Andrés Guardado –dije–, necesitamos refuerzos.

Xavier G

Capítulo 17
Noticias calientitas

Mínimo un desayuno para recargar la batería era lo que necesitábamos el Corona y yo. El Paisa preparó la comilona. Ya había avisado a los Socios que estábamos en alerta roja, por eso sonaba fuerte la movilización, como música de fondo, mientras nos banqueteábamos la proteína carnal de los caídos. De paso encendí el altomonitor pa´ enterarme de las novedades. La Videopibe informaba desde la cárcel municipal de Agujero de Nadie:

– Esta mañana, a través de un operativo coordinado por soldados y policías municipales, se logró la captura de uno de los brazos fuertes del Clan Glauco. El detenido, apodado "el Tícher", fue arraigado en las inmediaciones de Selva del Cielo, luego de un enfrentamiento a balazos en el que perdió la vida otro de sus Socios conocido como "el Gonzo Pilato". Agentes de la policía informan que se trató de una estrategia de inteligencia exitosa en la que se utilizó tecnología de punta para localizar a los sospechosos, quienes ahora son acusados de adulterar Supracoína para inculpar a los Vesusquis del envenenamiento de más de veinte mil drogadictos.

Abandoné el comedor e indiqué al Corona que me siguiera. Rápidamente abordamos la carroza y arrancamos con el convoy especializado en operaciones de rescate.

- ¿Te comunicaste con Guardado? –pregunté.

- Sí –respondió el Corona–, ¿quiere cancelar la reunión?

- Nel, nomás dile al teniente que lo veré un poco más tarde, que al rato me comunico pa' confirmarle la hora.

- Sí, mi Jefe.

Un cielo atiborrado de nubes amenazaba con desmoronarse. Había que aprovechar que aún no se precipitaba sobre nosotros y asomé el rostro por la ventana pa´ recibir las primeras caricias polvosas del día. También mi paciencia amenazaba con desmoronarse y solo pensaba en Mamá Titsa.

Entramos al centro de la ciudad y una patrulla nos divisó. Escuché el canto corrupto de su sirena y me puse en guardia.

- Mi paciencia ahorita no está para estas mamadas –dije al Corona–, pásame la Tararera y abre el quemacocos.

Asomé por el quemacocos en el momento en que empezaba a llover. Sentí que el olor a tierra mojada me rejuvenecía, dándome ánimos para completar la tarea. Buscaba atinarle a los neumáticos, pero al pendejo del copiloto se le ocurrió regresar el fuego con una escuadra. No me quedó otra que contraatacar.

La primera ráfaga deshizo al tirador y no hubo necesidad de deshacer al conductor, pues la patrulla se descontroló chocando contra un poste de luz. En menos de dos minutos arribamos a la cárcel municipal. Al apearnos de la carroza el Corona fue a la vanguardia, escudándose tras una plancha metálica.

Ofrecí una oportunidad a los polizontes y militares que rondaban las afueras:

- Liberen al muerto –grité, apuntando con la Tararera–, esto es la guerra, el que no quiera mojarse mejor pélese.

Algunos polizontes huyeron tras la advertencia, pero otros sí desenfundaron y el Corona aguantó las primeras descargas con la plancha, antes de que mi Tararera esparciera piquetes letales. Avancé tras el Corona y deshice a los que se pusieron enfrente. De vez en cuando me relamía los labios, salpicados por el despedazadero que ocasionaba la orgía de balas. Mis Socios, mientras tanto, tenían órdenes de someter a quienes laboraban en las oficinas. Al llegar a la puerta de seguridad nos topamos con un problema elemental: habíamos agujereado al guardia que conocía la combinación del portón. Entonces pedí que se trajeran la Chingamuros. El Corona la manipuló bien y bastaron dos o tres madrazos pa´ que los goznes se deshicieran. Irrumpimos a balazos, por si las dudas. Grité: el que no quiera broncas salga con las manos arriba. Entre los polizontes que desfilaron rendidos identifiqué al carcelero, interpelándolo:

- ¿Cuándo aprenderán a no meterse con los muertos?

- Yo no me meto con los muertos –balbuceó nervioso el polizonte–, aquí tiene las llaves. Saque a todos los que quiera.

- ¿Naciste pendejo o es una cualidad que desarrollaste con los años? –dije, encabronado-, no somos criminales, cabrón, nos confundes con la gente del Alcalde, con los Vesusquis.

- No quise decir eso, señor Villa –dijo–, nomás estoy aquí porque necesito la chamba.

- Entréganos la llave de la jaula donde tienen al Tícher o te descoso.

El carcelero entregó la llave al Corona y este fue tras el Tícher. Verificó todas las celdas, una por una, hasta dar con la indicada.

Los polizontes cometieron el error de encerrarlo en una celda colectiva y ahí estaban las consecuencias: dos cadáveres casi en los huesos y otros dos cabrones con los ojos desorbitados. El Tícher caminaba frente al Corona muy quitado de la pena, orondo y rejuvenecido:

- ¡Mienten esos Videopibes! –dijo el Tícher.

- ¿Cómo está eso, Tícher? –preguntó el Corona.

- Siempre dicen que en las prisiones de Agujero de Nadie se come muy mal y yo me he dado un banquetazo insuperable.

- Vámonos –dije–, hay muchos pendientes.

- Señor Villa –interrumpió el carcelero–, ¿es cierto que desde que usté se convirtió en Reparado le llueven las viejas? Dicen por ahí que usté tiene a su grupo de seguidoras y que hasta tiene a dos fijas que le hacen compañía por las noches.

- ¡Qué bruto! –dije–, se me hace que se equivocó de profesión, usted debería ser un Videopibe, por lo mal informado que anda.

- No, mi patrón –continuó el carcelero–, soy hombre de acción, pero me tienen arranado en esta pocilga. ¿No tendrá una vacante en su banda? He escuchado que usté es hombre de ley, que nunca deja a su gente atrás.

- Así es, camarada, pero no le doy chamba porque Agujero de Nadie necesita polizontes como usted. Gente de acción es lo que necesitará el pueblo con la guerra que se nos viene.

Capítulo 18
La cita

> Ya después de muerto / Ya después de muerto /
> Ya después de muerto / No todo es igual.
> Chalino Sánchez

Abordamos la carroza y me comuniqué con el teniente Guardado. Le dije que lo vería en la Estrella del Norte en media hora. Los Socios se dispersaron. Algunos volvieron al Cuartel Glauco, pero antes les ordené que iniciaran su reagrupamiento y reequipamiento. Di instrucciones al chofer de que nos llevara a un lugar seguro, en lo que se llegaba la hora de la cita.

– Ahora sí, Tícher –dije–, ¿cómo está Chona Sabina? Espero que no la hayan entregado a los Vesusquis. Escúpelo todo.

– Lo siento, don Gabriel –dijo el Tícher–, Plutarco Galván ya es un Reparado, es lo más seguro, por eso fueron a Selva del Cielo: querían la magia certera de Mamá Titsa, iban en busca de la Intravida.

– ¡¿Cómo?! –dije–, ¡¿tan pronto?!

– Lo más probable es que en este momento, mientras hablamos, se esté completando la reparación de Galván –respondió el Tícher–, por eso entraron los Gordos a Selva del Cielo. Llevaron a Galván pa´ meterlo en el Cantárido. Cuando se fue el Agrónomo, los Gordos descubrieron nuestro escondite. Estábamos rodeados. Si nos disparaban dentro de la gruta iban a agujerear a Mamá Titsa y optamos por protegerla. Salimos, con las manos arriba, y ahí estaba Galván, ya medio Reparado, pero no se veía muy bien de salud. Los que sí gozaban de salud eran las decenas de cabrones armados detrás de él. Mientras nos desarmaban, el Gonzo se lanzó contra Plutarco. Ya sabe cómo es el Gonzo: vio la oportunidad de chingárselo y se le dejó ir.

– Pues con razón murió. ¡Linda ocurrencia!

– Pero Galván ni siquiera pudo con él, don Gabriel –agregó el Tícher–, no estaba completamente Reparado. El Gonzo lo traía juido, lo sometió a punta de chingazos y los Gordos no se atrevían a disparar. Hasta le arrancó un buen trozo de carne, con una sola mordida, pero algo lo debilitó. No sé. De repente se le esfumaron las vitaminas. Los Gordos entraron a separarlos y a mí me echaron una red, me amarraron y dijeron que dizque yo era un prisionero de guerra. Pobres pendejos. Pero me queda esa duda, Jefe, ¿qué fue lo que madreó al Gonzo? Aunque lo vi todo, no sabría cómo explicar su muerte.

– Quizás Chona Sabina lo averigüe, pero es una gran pérdida para el Clan.

– Así es, don Gabriel –completó el Tícher–, como dice el poeta Barba Jacob: *...hay días en que somos tan lúgubres, tan lúgubres, / como en las noches lúgubres el llanto del pinar. / El alma gime entonces bajo el dolor del mundo, / y acaso ni Tierrafértil nos pueda consolar.*

Las palabras del Tícher me dejaron el cerebro patinando y sentí el duelo en el pecho. De nuevo se empapaban mis mejillas: un lagrimeo rebelde, súbito, la manifestación de un dolor profundo.

Por lo visto, mi alma mejoraba. Chona Sabina dice que el llanto de los Reparados es un llanto sordo, un torrente que vincula lo que fuimos en Vida con lo que somos en Muerte.

– ¿Qué le pasa, mi Jefe? –preguntó el Corona.

– No sé por qué lloro. Se supone que los muertos no lloran.

– No se haga el occiso, don Gabriel –intervino el Tícher–, claro que los muertos lloran, o como dijo el gran Pessoa: *Vivir y morir son la misma cosa. Pero vivir es pertenecer a otro desde fuera, y morir es pertenecer a otro desde dentro.*

La lluvia golpeaba duro el techo de la carroza. Parecía otro momento poético: llorábamos por dentro y el cielo rendía homenaje al Gonzo Pilato, uno de los mejores soldados del Clan. También llevábamos la guerra por dentro y serviría para fincar el siguiente acto mortuorio. Estacionamos la carroza detrás de la Estrella del Norte y, al apearnos, la lluvia había cerrado ya sus grifos. Así eran las lluvias en Agujero de Nadie, tanto las de balas como las de neta: insospechadas y caprichosas como la muerte agujerense.

Entramos por la puerta trasera y ahora nos llovieron los saludos del cantinero y algunos meseros que trasladaban cajas de licor en una operación hormiga. El gerente se dirigió al Corona:

- ¿La mesa de siempre?

- No –respondió el Corona–, danos un privado.

A punto de retirarse, el gerente me reconoció:

- Señor Villa –exclamó–, es un honor el que nos hace con su visita. Los tragos corren por cuenta de la casa. Sea usted bienvenido.

- Tráenos lo que sea –ordené.

- Enseguida les traigo mezcal –dijo, retirándose.

El Corona, el Tícher, otros dos Socios y yo nos acomodamos en el privado: un cuchitril moderno, con escasa iluminación, cromado como una nave espacial pero en versión desvencijada, con sillones hundidos y desgastados. Olía a sexo, según percibí, pues ahí se metían los agujerenses a parcharse a damiselas y damiselos, tanto nacionales como internacionales. En eso sonó mi dispositivo: como ya le había activado el timbre musical con el corrido de Filemón Turbado, la rola sobresaltó al Corona:

– No te asustes, Corona, es la rola de moda.

La llamada entrante anunciaba al Ciencia Cierta:

– Mi Máster –dijo, apareciendo en la pantalla–, estamos volando sobre Selva del Cielo desde hace rato, el Franky se asoma por la mira telescópica y no ve nada. El campo está desierto. Parece que la cosecha no les interesa a los Vesusquis. Seguro andan ocupados en otra cosa. Además, usted sabe que la espesura es impenetrable. Véalo…

El Ciencia Cierta apuntó el lente de su dispositivo hacia la Selva: sus herméticas y crespas cabelleras se mecían con placidez, acariciadas por vientos amenazadores.

– Mi Máster –volvió el Ciencia Cierta–, esta es la zona donde debería estar la cabaña de Mamá Titsa, pero no se ve nada. No hemos percibido hostilidad en las inmediaciones.

– Regrésate. Los Socios se están reequipando en el Cuartel. Ayúdalos a preparar los vehículos todoterreno. La bronca se armará en Selva del Cielo y será por tierra.

Cuando colgué ya estaba frente a nosotros una mujer blanca, ojigrande, piernuda, de cabellera negra y senos afilados. Lueguito se acercó con labios de cielo y disparó unas palabras:

– Usté debe ser Gabriel Villa –aventuró, masticando un chicle ruidosamente–, lo vi en los altomonitores. La neta: la pantalla no le hace justicia.

– Estás en zona peligrosa –respondí–, lo digo por tu bien. Una mitad de Agujero de Nadie, que es la mitad más pendeja, anda queriendo darme en la madre. ¿Crees que lo consigan?

– La verdá –respondió la dama, haciendo malabares con el chicle–, creo que nadie podría volver a matarlo.

– ¿Qué te trae por acá?

– Quería conocerlo –titubeó–, ya conozco a sus Socios, pero a usté no tenía el gusto...

– Volveré en otro momento, así podremos conocernos bien.

– Entonces fírmeme este tesoro –dijo, alzándose la falda y exhibiendo un hilacho que apenas cubría su nuez–, así lo comprometo a que regrese.

La mujer me extendió un plumón grueso. Estampé mi firma junto a su tesoro depilado y dibujé una hoja de Glauca rodeada por alambre de púas, como los que garabateé en la piel de otras fulanas, cuando aún gozaba mi primera vida. Al regresarle el plumón se inclinó hacia mí, amagándome con los labios y ofreciéndome el ventanazo de su escote.

Me susurró al oído: "Prometo no borrar el placazo hasta que regrese". Luego dio media vuelta y se retiró, emocionante, como la promesa de un tiroteo.

De repente percibí un olor mamón, como el de los cigarros avainillados. El aroma me recordó a un cabrón y estuve en lo cierto: el teniente Andrés Guardado hacía su entrada pancheril, sombrero en mano y con un puro en la otra. Nervioso, viendo hacia todos lados, ocupó un sillón del privado. Enseguida se bebió el mezcal de un solo tiro, como si fuera tequila:

- He estado esperando esto desde hace rato – dijo–, propongo que cambiemos la historia. Sumemos fuerzas para aplacar este conflicto.

- ¿Quieres cambiar la historia? –pregunté–, solo necesito que hagas una llamada, necesito refuerzos y más equipo, además de un testigo oficial que presencie el conflicto y pueda rendir declaración, en caso de que sea necesario.

- La Videopibe será tu aval –dijo el teniente–, ese problema se resuelve solo. Además, desde que desapareciste a Juan Saturnino Gaviota tengo autoridad sobre el departamento de policía. Puedes disponer de cincuenta de mis elementos municipales y lo que pongan los Meninas, recuerda que te deben un favor personal. Aprovéchalos.

- Así estaremos parejos en armas –dije.

- Les vamos a partir la madre, mi Jefe –terció el Corona Esteroides–, y vamos a cenar en grande, como manda Tierrafértil.

- Tícher –dije–, toma un vehículo todoterreno y llévate a una cuadrilla. Quiero francotiradores apostados en el monte lateral a la cabaña.

- Claro que sí, don Gabriel.

Capítulo 19
Duelos de época

*Eran cadáveres que esperaban la hora
de ser enviados otra vez a la tumba.*
George Orwell

La muerte es nuestra aliada, nos enseña el valor de la vida. Por eso los agujerenses celebramos la muerte a lo grande. Acompañamos a los muertos para que ellos nos acompañen, para que, juntos, seamos memoria y alegría post-terrenal. El destino y la sapiencia del universo quisieron que la batalla final estallara el dos de noviembre, el Día de los Muertos, la gran fiesta en honor de los finados. Una tradición que se ha ido perdiendo, como se pierden los cadáveres en la sosa cáustica, en cementerios clandestinos; como se han perdido también los que deberían enterrar a sus muertos: simplemente desaparecen. Habrá que instaurar, en poco tiempo, el Día de los Desaparecidos y, acaso, colocar flores sobre las tumbas virtuales de un holograma funerario. Pero estoy seguro de que los muertos vivos están: basta que alguien los piense para que pongan un pie fuera de la tumba. Un día saldrán de ahí, como nosotros los Reparados, a reclamar la injusticia a que fueron sometidos.

Poca gente en las calles. En vez de celebración hay luto en Agujero de Nadie, el cual se acomoda perfectamente a mi temperamento. ¿No soy yo un ejemplo muerto de la tristeza del mundo?

Mis pensamientos han cambiado. Es lógico, ¿qué no? Un muerto piensa distinto que un vivo: a la muerte no le pesan los segundos, sino lo que deja de hacer con ellos. A la muerte le duele el tiempo en que no está unida con la tierra. Por eso, aprovechando, en pocos segundos recordé lo que significa para mí la Selva del Cielo: un hogar de tremenda sabiduría natural, cuna de mis ancestros, patria de Mamá Titsa. Ese recordatorio era suficiente para espolearme el ánimo. Gabriel Villa exprimiría cada segundo de su batalla contra Plutarco Galván. Y me dije: no chingues mañana lo que puedes chingar hoy.

Pedí al Corona que me comunicara con el Menina que habíamos rescatado de las garras de los Vesusquis. Tenía que hacerle la petición personalmente. Solicitarle que reuniera ese arsenal y esos recursos humanos en menos de dos horas no era poca cosa. Cuando se lo solté no pudo evitar un carraspeo:

- ¡¿Se da cuenta de lo que me pide?! –reventó el Menina–, juntar todo eso en tan poco tiempo es imposible.

- Nomás acuérdate que en poco tiempo también te salvé el pellejo –reviré–, ¿o crees que después de esto los Vesusquis pasarán de bestias a cachorrillos? ¿De verdad crees que a ustedes, los Meninas, ya no les temblará el culo cuando el Clan Glauco haya caído? ¿Quién los salvará entonces? ¿El puto Alcalde?

– No se ponga así, señor Villa –lagrimeó el Menina–, a usted le debo mi vida. Hablaré con los miembros del círculo empresarial y enviaremos todo a Selva del Cielo lo antes posible.

– Se lo deben a Agujero de Nadie –machaqué–, dígaselos de mi parte.

Al cortar la comunicación me quedé intranquilo. Si el Menina no enviaba los refuerzos tendríamos pocas probabilidades de salir airosos. Sin embargo, la regañada que le puse bien valió la pena. Así son esos cabrones aristócratas: los más afectados por la situación del sector y los que menos se ocupan de reparar males sociales. Los que más se benefician de la sociedad, menos aportan a ella. ¿Quién los entiende? Nomás yo, que sé que andan pegados a los dos amores de sus vidas: la familia y el negocio, y de ahí en fuera: nada, cero a la izquierda, si te vi ya ni me acuerdo, antes parecía que tenías esperanza, que de un día a otro la inseguridad se esfumaba, la pobreza se iba al carajo y la ignorancia a la chingada; pero nada de eso habrá en un país que olvida lo peor y solo recuerda lo que le conviene. Pero, ¡quién soy yo pa´ juzgar a la raza, si ando pedaleando las bicicletas de los difuntos y a cada rato me agasajo con los huesos de los wachos, Vesusquis y policías municipales! ¡Viva el 2 de noviembre, Día de Mis Muertos, los muertos que produzco!

Tuvimos que dejar la carroza en la Base. Le hice ajustes a la Tararera y abordamos los vehículos. El Corona me acompañó en una camioneta de alto blindaje. Íbamos a toda velocidad cuando se nos emparejó una patrulla sin los códigos encendidos. El Tícher iba a la cabeza del convoy y, al ver la patrulla, se comunicó conmigo de inmediato:

- ¿Qué hacemos, don Gabriel?

- Que nadie dispare. Viene solita y sin códigos encendidos. Deja que se acerque.

La patrulla avanzó con cautela hasta nuestra unidad.

- Prepárate –indiqué al Corona–, no sabemos si habrá jugada chueca.

El Corona cortó cartucho y apuntó cuando la patrulla se nos estaba emparejando. El conductor-polizonte solicitó, por medio de señas, que abriéramos la ventana. Accioné el botón e hice que la ventana descendiera hasta la mitad:

- ¿Qué te trae por estos rumbos peligrosos, oficial?

– Na´ más pa´ decirle que el teniente Guardado ya está en Selva del Cielo –nos informó el poli–, pidió que le dijéramos que allá están los oficiales a su cargo y el equipo que solicitó. Le deseo éxito, señor Villa, estamos con usté.

– Tá bueno. Adelante con la seguridad, oficial.

Subí la ventana y relajé el dedo que había puesto en el gatillo de la Tararera. Vi a la patrulla disminuir la velocidad y desaparecer en una calle aledaña.

– ¿Por qué andan todos tan excitados, mi Jefe? –me preguntó el Corona–, ¿por qué, si antes estaban muy a gusto trabajando pa´l Alcalde?

– Nunca estuvieron a gusto, Corona, las corruptelas del Alcalde no aplican a todos por igual. Si la gente no es tan pendeja como crees, y menos los polis que son los que más bajas han tenido por andar divididos, unos defendiendo la justicia y otros, defendiendo las chingaderas del Alcalde de Mierda. Pero eso puede cambiar hoy –dije–, pa´ mejorar o pa´ empeorar. Ya se verá.

– Oiga, mi Jefe –continuó el Esteroides–, ¿y por qué el Tícher siempre anda de ridículo recitando poemas a lo bestia?

– El Tícher era un profe universitario –expliqué–, se crió en Selva del Cielo. Su padre vivió y murió en Selva del Cielo y reunió una buena lana pa´ mandar al Tícher a estudiar a una universidad estrilosa. De ahí le salió el gusto al Tícher por la poesía, pero siempre quiso chambear para el Clan. El Clan es su vicio, un vicio que no le pude negar. Estaba muy agradecido con los Socios, sobre todo con mi padre, quien fue su padrino. Renunció a su profesión y le di un sitio entre nosotros. No iba a dejarlo desempleado, ¿qué no?

A la entrada de Selva del Cielo el convoy ya levantaba olas de polvo. Abrí la ventana para sentir la tierra. Asomé el rostro y la caricia terrenal encendió mi ánimo. Cientos de partículas de polvo pegaban en mi cara: roces placenteros, rejuvenecedores. Nuestro vehículo se separó del convoy y tomó un atajo. El plan era contar con una salida de emergencia, en caso de que la situación se saliera de control. Dejaríamos el vehículo a una distancia prudente del área de combate. Mientras tanto, el Tícher y el Ciencia Cierta tenían instrucciones de responder al fuego si los Vesusquis atacaban primero y ponían en riesgo.

Nos apeamos de la camioneta y pedí al chofer que se quedara en su sitio. Ya lo llamaríamos si se requerían refuerzos. La camioneta quedó oculta, tras la maleza, a unos metros del Río Sordo, como le decíamos de cariño porque nadie lo tenía en la mira. Su registro no aparecía en ningún mapa. Subimos a una canoa y nos deslizamos en silencio. Durante unos segundos fuimos escoltados por hordas de zancudos. Entramos en unos caños angostos, cubiertos por bóvedas de follaje. Los caños estaban, a su vez, llenos de agua con lodo que dificultaba el avance. Eran lodazales pútridos que nadie, en su sano juicio, osaría cruzar. Mas esos olores rancios eran una fragancia extática para mis fosas nasales.

Nos orillamos al divisar el punto de cruce y nos apeamos de la canoa. La maleza estaba más tupida que nunca. Se notaba a leguas que nadie había pasado por ahí en los últimos años. El Corona y yo tuvimos que abrirnos paso a machetazos.

De pronto percibí un llamado en mi dispositivo. Era el Tícher:

- Le recomiendo que llegue lo antes posible, don Gabriel –dijo el Tícher–, acá la cosa está muy tensa.

- Estamos a unos pasos de ahí.

Luego de contornear un ahuehuete nos apantalló la multitud que abarrotaba el corazón de Selva del Cielo. Me abrí paso entre mi gente y, al llegar a la cabeza, distinguí varios grupos: por un lado estaban los gendarmes del teniente Guardado; por otro, el equipo de los Videopibes, con la Videopibe Mayor por delante. Frente a mi grupo, a varios metros de distancia, estaban los Vesusquis. Plutarco Galván lucía más feo que antes. Había perdido peso y la putrefacción de su carne era más que visible. A su costado estaba Mamá Titsa, encañonada por un cerdo. Me hirvió la sangre. Plutarco cogió un altavoz y me dedicó unas bellas palabras:

- Ya te chingaste, Villa, tengo a Chona Sabina y tú no tienes nada, ni madre siquiera.

A punto de soltarle los escupitajos de mi Tararera, el teniente Guardado me contuvo:

- Déjame negociar con él –pidió.

- Yo no negocio a Chona Sabina.

- Podemos evitar un derramamiento de sangre – explicó Guardado–, déjame intentarlo.

- Tá bueno, pues –accedí–, haz lo que puedas.

Uno de los polizontes entregó un altavoz a Guardado.

- No nos precipitemos, Galván –dijo Guardado–, podemos evitar muchas muertes. Con los Videopibes como testigos, propongo que sean los Jefes de las bandas quienes se enfrenten, sin armas de por medio, y de acuerdo al ritual de Selva del Cielo, como los verdaderos hombres, con los puños rojos.

El plan comenzó a dar resultados. Guardado cumplió su palabra: la Videopibe Mayor era el aval perfecto, el testigo ideal que mostraría la verdadera cara del conflicto. Lo malo era que los Meninas incumplieron su encargo y, al final, ganara quien ganara, la lucha sería cruenta y estruendosa, y las bajas, innumerables. Lo peor era que Chona Sabina estaba en medio de la guerra y alguien tendría que sacrificarse para salvarla. El último recurso era mi comodín: el Ciencia Cierta ejecutaba, en ese momento, una Operación Topo, pero no tenía la certeza de que hubiera avanzado lo suficiente como para estar bien posicionado. Galván volvió al altavoz.

- De acuerdo, Guardado –exclamó Plutarco–, pero no habrá réferi, ni empate. Nadie detendrá la pelea hasta que uno de los dos muerda el polvo.

- De acuerdo –respondió Guardado–, lo haremos como sugieres. Propongo que sea la Videopibe quien anuncie el arranque del combate.

Me sorprendió la astucia de Guardado: invocar la Guerra Roja era también honrar a los espíritus de Selva del Cielo. Chona Sabina contó que las diferencias entre los espíritus se dirimían a puñetazos. Los contrincantes debían marcar sus puños con sangre humana, y así lo hice. El teniente Guardado sacó una navaja gruesa del bolsillo interno de su saco. Del tajo hecho en la palma de su mano brotó sangre cuyo aroma alimentó mi rabia. Puso su palma ensangrentada en mis puños hasta cubrirlos con carmín policiaco. También los puños de Galván fueron enrojecidos con la sustancia de uno de sus colegas. Desde la colina, donde se encontraba el equipo informativo, la Videopibe Mayor hizo una señal afirmativa con el pulgar y alguien le entregó un micrófono. Habían instalado artefactos de transmisión en vivo y varias bocinas por las que manó la voz inconfundible de la comunicadora:

> – Después de tantas balaceras y conflictos armados en los últimos días, ha llegado el momento de decir las palabras que todos estaban esperando: ¡estamos listos para contemplar la destrucción! En la esquina derecha, con una larga trayectoria en encontronazos cruentos y una fama de maldito entre maldito, con más de cien batallas ganadas por la vía del sueño eterno, con ustedes, el Jefe Máximo de los Vesusquis, Plutarco Galván.

Los Vesusquis pegaron gritos de apoyo para su gallo y, algunos de ellos, incluso, gritaban improperios en mi contra. Enseguida vino mi presentación:

> – En la esquina izquierda –continuó la Videopibe–, maestro de la destrucción, muerto excelso entre los muertos, con amplia experiencia en estrategias de ataque y contraataque, Jefe indiscutible del Clan Glauco, el Centauro de la Selva, Gabriel Villa.

Los vítores de mi raza irrumpieron intensamente y a estos se unieron los de agentes policiacos, guiados por Guardado, quien los alentaba a ensordecer los oídos de Selva del Cielo.

Todo estaba dicho. Desde la cima de la colina la Videopibe soltó el claxonazo de una de las camionetas informativas. Viré mi rostro hacia el Corona: pierda o gane –le dije–, mátenlos a todos. No chinguen para mañana lo que puedan chingar hoy.

Ante mí se extendía una explanada de tierra que nadie osaba cruzar. Fui al centro de esta y Plutarco hizo lo mismo. Vi los ojos encendidos de Mamá Titsa: sus labios parecían emitir una plegaria. De repente, un pensamiento ajeno se introdujo en mi cerebro. Escuché la voz de Chona, como si fuera un susurro: "Este no será tu día, perderás esta batalla".

Independientemente del presagio, estaba más que dispuesto a barrer la Selva con el culo de Galván. Si mi derrota era cincha, Plutarco no se iría limpio. La ley del Reparado es caer con la frente en alto, con toda la fuerza de las glaucas entrañas. Me vinieron a la mente unos versos que le escuché una vez al Ticher, de un poema de Ricardo Reis: *...Un pensamiento, no para la futura / Primavera, que es de otros, / Ni para el estío, de quien somos los muertos, / Sino para lo que queda de lo que pasa...*

La danza comenzó: le atravesé un trancazo limpio, dirigido al rostro. Un estallido de gritos hizo temblar la tierra. Galván contraatacó con un gancho a mi abdomen y me faltó el aire para regresarle el golpe. Recibí ráfagas de jabs en el mentón y retrocedí unos pasos, cuando ya se escuchaba la transmisión en vivo a través de las bocinas:

> – Si Villa quiere ganar la pelea tendrá que regresar cada golpe –comentó la Videopibe–; por ahora se le ve lento. Tiene que mover más las piernas y trabajar a su adversario en corto. Hasta el momento, Galván está imponiendo el ritmo de la pelea. Villa debe escapar de su perímetro de ataque y generar su propia zona de golpeo.

Galván aterrizó otro golpe en mi mentón, haciéndome trastabillar. Por fortuna, una piedra ubicada a mis espaldas me ayudó a recuperar el equilibrio.

> – ¿A poco te hace falta el protector bucal? –dijo Galván–, aquí estás solo, tus Socios no te van a salvar de esta putiza.

Tuve que sellarle el hocico con un guadañazo dirigido a la sien. Rápido le descargué un volado derecho que lo hizo retroceder hartos pasos.

> – Ese es el contraataque que esperábamos – informó la Videopibe–, Villa tiene que imponer su ritmo y dar seguimiento a los golpes. Si ya conectó dos de ellos, también debe buscar el tercero y el cuarto, no debe

soltar a su oponente. Tiene que perseguirlo por toda la selva, si es necesario, hasta encontrar el nocaut. Es cierto: las condiciones de la pelea son extenuantes porque esta es una batalla sin rounds. Se trata de un solo round hasta las últimas consecuencias. Por eso es importante que Villa busque el triunfo por la vía del cloroformo ante un adversario que, hasta el momento, ha mostrado buena técnica y, por lo visto, ha llegado con la cabeza fría para dar su mejor pelea.

Plutarco regresó al centro de la explanada y soltó varios puñetazos que eludí con algunos pasos laterales. Sin embargo, el cabrón me cortó el avance con un volado que me estalló en la frente. Le respondí con un golpe endeble que dio en su nariz, pero este me fintó enseguida, con un aparente retroceso que le permitió clavarme un puñetazo en el hígado. Sentí un mareo y traté de escabullirme, pero Galván me sacudió con una andanada de golpes.

–	Galván está logrando su cometido –continuó la Videopibe–, lo está fintando, sus brazos son más largos que los de Villa y sabe perfectamente cómo marcar la distancia, sabe cómo imponerse ante un adversario como él, sabe que un blanco móvil es difícil de sucumbir a los golpes, por eso entra y sale del área de ataque como un torero hecho y derecho. Gabriel Villa, es cierto, es un oponente aguantador, es un valiente. Ha resistido varios puñetazos como un auténtico campeón, pero ha descuidado la guardia. Esa guardia orejera no le conviene, tiene que cambiarla de vez en cuando para que Galván no huela sus golpes. Ya no estamos frente al Villa del principio, se nota que los ataques de Galván han hecho mella en su ánimo. Si no destapa una mejor ofensiva, pronto lo hundirán los puños del Vesusqui.

Si los comentarios de la Videopibe eran desalentadores, contimás los de Mamá Titsa. De antemano sabía que el triunfo no estaba de mi lado, pero un pleito cantado es sagrado pa´ los miembros del Clan Glauco. Estaba dispuesto a dar mi mejor pelea y, por ello, destapé un *uppercut* que Galván no esperaba. Su cabeza tembló por un momento, desorientándolo, y aproveché para colarle un cruzado que le desvió la vista hacia la greña de los árboles.

La sabia naturaleza le dio un arma a Galván: la piedra que antes me sirvió de apoyo, ahora obstruyó mi paso. Atrapado entre la piedra y el contraataque de Plutarco, y escudado, además, tras un valemadrismo feroz, doblé las rodillas y sembré un gancho derecho en los testículos del Vesusqui. Si iba a perder, al menos lo haría con rudeza. De inmediato estalló el abucheo por parte de Vesusquis y militares. Galván no me perdonó el atrevimiento: lanzó varias patadas y tuve que rodar entre la tierra suelta para esquivar su zapatería.

– Ha comenzado la pelea sucia entre los contrincantes –refirió la Videopibe–, y hay que decir que esta fue inaugurada por Villa. Con ese golpe en las partes blandas de su contrincante se ganó el abucheo hasta de los propios municipales. Sin embargo, al fin estamos viendo a un Villa decidido: ese gancho en la zona blanda debió cimbrar hasta los ancestros de Plutarco Galván. ¡Qué manera de sacudirle la carroña! Después del *upper* vino el cruzado que destanteó a Galván, además de esa piedra que orilló a Villa a echarse el clavado e iniciar la parte sucia del combate. Pero, también hay que decirlo, Galván continúa firme y es quien ha conectado una mayor cantidad de golpes. Este último contraataque dejó clara su superioridad tanto en fuerza como en estrategia de golpeo.

Apenas comenzaba a incorporarme cuando recibí un puñetazo en la barbilla. Caí de nalgas, levantando una polvareda mayúscula, cortina de humo que aproveché para zafarme de unas cuantas patadas. Finalmente recobré el aplomo y el rostro de Plutarco encontró el filo de mi codo. Luego desenterré un crochet que le abrió la ceja izquierda. El espectador de espíritu sangriento se desilusionaría al ver que nada manaba por la herida de mi contrincante. Lo gacho fue que este volvió a la carga. Con un potente derechazo me dislocó la quijada, doblándome de tal modo que el Vesusqui Mayor consiguió clavarme un codazo en la nuca. En ese momento se me nubló la vista. Mis párpados temblaban. Me levanté con la guardia en alto y burlé un par de golpes guangos. Finté con la derecha y le puse un coscorrón con la izquierda, pero otro de sus rodillazos se encajó en mis testículos, recordándome la vasta hombría.

Vi a Galván sonreír y, enseguida, engolosinarse con una parvada de puñetazos que me enviaron al suelo. Al besar la tierra me iluminé por dentro: volví a sentirme parte del suelo, de los árboles, de las raíces que acariciaban el techo del inframundo. Mastiqué el polvo y me toqueteó una sensación serpenteante, rejuvenecedora. Recibí las patadas de Galván como leves zumbidos de zancudo. Rodé velozmente. Me incorporé para amenazarlo con algunos jabs y, simulando un golpe, atenacé uno de sus brazos. Se lo torcí con firmeza y, al someterlo, entre los Vesusquis entreví el rostro de Chona Sabina, quien parecía aprobar mi desempeño con un gesto misterioso.

- En los últimos minutos se ha emparejado la pelea –comentó la Videopibe, con afectada excitación–, sin embargo, los ataques de Galván han causado destrucción en su oponente. Villa ya tiene una quijada dislocada, en cualquier momento puede volver a besar la lona. Además, el rodillazo que le propinaron le llegó hasta los huesos. Ya se le ve con brazos caídos. A cada rato desmaya la guardia. En cambio, Galván ataca perfecto. Suelta los puños como pistones y corta el paso a su oponente cuando intenta escabullirse. Pero las esperanzas mueren al último en este tipo de batallas, en estos encontronazos tan parejos que solo pueden ser protagonizados por los grandes, los más fuertes, los que no se dejan vencer. Estamos ante un duelo de época, damas y caballeros, y estos últimos minutos habrán de definir el futuro de Agujero de Nadie.

Un buen peleador siempre tiene una estrategia, y la que yo había ideado estaba completamente agotada. Nunca imaginé que torcería el brazo de Galván: ninguna táctica sucia encajaba en la pelea que había previsto, incluidos los madrazos en los güevos y las llaves de lucha grecorromana. Diría que un buen muerto siempre se pasa las reglas y estrategias por los güevos, si no fuera por la destesticulada que me dio Galván. Y ahí estaba el perro, doblegado por su mero rey, pero yo debía perder: los árboles lo gritaban, los cocuyos, las aves, las plantas, las armas de mi gente, los toletes de municipales, los minúsculos testículos de los Vesusquis. Un muerto siempre está perdido: perdió todo lo que tuvo y todo lo que pudo tener. El muerto es el perdedor más grande del mundo.

Por lo tanto, yo debía perder: ser Uno con la horizontalidad aparente de la tierra. En ese momento liberé el brazo de mi oponente y viví el resto de la pelea en cámara lenta. Un puñetazo en la quijada marcó el principio de mi fin. A este le siguió un guadañazo en la sien y una patada estratosférica que me mandó a la lona de la Selva. Un silencio espeso amordazó a los miembros del Clan Glauco y a los agentes de la policía. Mi cabeza rebotó en la tierra y vi, entre los míos, una plasta de profunda consternación. Del otro lado solo se escuchaba una voz que apuraba a Galván: ¡Es tuyo, acábalo ya! Galván destapó un golpe dirigido a mi nariz. No huelga decir que los golpes propinados de manera descendente son más potentes que los dirigidos en forma recta o ascendente, y el de Galván fue tan duro que acabó hundiéndome el tabique.

Debía perder y no me quedaba más que disfrutar la destrucción. Recibí tres puñetazos más y Galván resbaló, cayendo sobre mis huesos. ¡Muérete, puto!, gritaba, descargando chingazo tras chingazo. Entonces tuve un ataque de risa a causa de la pendejada que espumeaba en sus fauces carroñeras: "¡Muérete!" ¡Vaya pendejada! ¿Cómo podía yo morir si ya estaba muerto? A cada golpe mi risa se robustecía: la vi empechugándose, muscularizándose, transformándose en una masa gozosa y destructiva. Advertí una desesperación flameante en las pupilas de Galván, la impaciencia acumulada en la tensión de sus gestos, el claro hastío del muerto que no tiene las armas para matar a un igual.

De pronto se alzó un grito alegre. Guardado daba la bienvenida a la gente de los Meninas: el rucáilo cumplió su palabra. Con esos refuerzos me sentí más a gusto, al contrario de Galván, quien invirtió gran parte de su odio en lanzar más golpes, cada uno como si fuera un clavo más en mi ataúd.

No pude hacer otra cosa que reír, reírme del tiempo, del espacio, de la vida, de mí mismo. Cada borbotón de risa fue una daga en la paciencia de Galván, hasta que esta fue colmada. No le quedaron más golpes, ya no tenía nada, excepto mi derrota, que no era suficiente. Debía destruirme y lo haría con los dientes. ¿Qué recién Reparado aguanta tanto tiempo sin carne, sin una merienda como manda Tierrafértil, Dadora de Vidas y Muertes?

Galván hincó una mordida en mi cuello y me invadió una sensación de sacrilegio. Una dentellada de fuego se extendió en mi interior, desde la entraña hasta las neuronas. Galván se retrajo. De pronto, sus facciones adoptaron un tono verdoso y, de buenas a primeras, comenzó a entiesarse y a babear como un perro con rabia. Sus escupitajos eran verdes como pericos abortados.

Eran eso: abortos revolcándose en su nulidad, saciándose para renacer en forma de espectros gaseosos, apariciones súbitas de rostros diminutos, entre ellos los del Mocol y el Cochul. Cuando los gases terminaron de evaporarse, Galván estaba en manos de su segundo sueño eterno. Las armas de policías, Socios y Meninas apuntaron a las cabezas de los Vesusquis.

– Suelten las armas, culeros –irrumpió el megáfono de Guardado–, están rodeados, están en la mira, evítense una masacre, cabrones. ¡Ríndanse!

La tensión creció entre los bandos. Ningún Vesusqui se atrevió a levantar las armas. Tampoco las soltaron. Los Gordos eran los más inquietos: uno se rascaba la nariz, otro más rozaba su propia ceja, mientras que otro se acariciaba la barba. Se comunicaban algo que se nos iba; algo que se nos fue. Uno de los Gordos asomó por detrás de una camioneta y soltó un escopetazo.

Desmadre descomunal: una triple orgía de disparos; un chingo de muertos; un par de explosiones; el triunfo de Agujero de Nadie; la derrota de los Vesusquis; la victoria del Clan y la fuga de los Gordos. Los pinches Gordos.

La Operación Topo que encargué al Ciencia Cierta dio en el clavo. Al mando de un grupo de excavadores, construyó una ruta subterránea para posicionarse bajo el sitio desde donde disparaban los Vesusquis. El Ciencia Cierta brotó de la tierra al momento del tiroteo y, con dos escuadras, una en cada mano, despejó su área. Desinfló a un chingo de Vesusquis y causó tremendas bajas entre los militares: nunca supieron por dónde se les coló el aguacero. Chona Sabina estaba sola, parada en medio del desmadre, cuando el Ciencia Cierta se lanzó sobre ella, cubriéndola con su cuerpo. El Corona Esteroides entró al quite y desconchinfló a un grupo de militares, quienes ya se disponían a disparar sobre la humanidad del Ciencia Cierta.

Hablé con Guardado para apropiarme el cadáver de Plutarco Galván. Los Videopibes, como siempre, sin ningún respeto por Selva del Cielo o los caídos, buscaban una entrevista exclusiva con Guardado y algunos de los Socios. Pedí al Tícher que sacara a todo mundo de ahí y exigí al teniente Guardado que acordonara el área sagrada.

– ¡Prohibido comer cadáveres frente a las cámaras! –indiqué.

Hubiera querido descansar, volver al Cuartel Glauco a darme un buen baño de tierra y embucharme un estriloso banquete, pero Chona Sabina dijo que debíamos celebrar el rito de entierro al Reparado. De manera que Mamá Titsa y yo contorneamos la colina y franqueamos el acceso secreto rumbo al cementerio de almas. El cuerpo de Plutarco Galván pesaba casi nada: era como si la carne de su espíritu reparado lo hubiese abandonado. Cavé una fosa poco profunda y metí el cadáver. Chona y yo cogimos piedras volcánicas y comenzamos a lanzarlas. Las piedras debían apachurrar el cuerpo, sacarle hasta la última gota de jugo Intravital, para que este regresara a nutrir la tierra. Solo por disipar hasta la última duda –y por si la Videopibe Mayor inquiría al respecto–, pregunté a Chona Sabina por qué había muerto Galván.

— De la misma forma que perro no come perro – explicó Sabina-, muerto no come muerto, y si así lo hiciere sería un muerto después de muerto. Es una instrucción sagrada. La naturaleza es tan sabia y justa que hasta nos devuelve el equilibrio de las cosas.

No fue otra la razón de que también el Gonzo Pilato se desvaneciera pa´ siempre: al morder a Galván mordió también su segunda y última muerte. También yo peligré.

Ganas de morder a Galván nunca me faltaron, pero en ese momento yo estaba demasiado poseído por la risa como para merendarme a la muerte. Ningún caníbal puede advertir la amenaza de una segunda muerte. No es el hambre sino la gula lo que chinga.

Mientras lanzábamos las piedras sobre el cadáver de Plutarco, Chona Sabina gritaba su letanía:

— Soy la niña del cielo, la novia del corazón de la selva, la niña que baila con la muerte y bebe con la vida, la que habla con animales y plantas, la que no ve cercanías pero sí los sentimientos de las distancias, la que puede ver a la muerte después de la muerte y ver un muerto tras otro disputándose la tumba, la que no ve lo grande pero sí la grandeza, la niña enorme que acude a ti, Tierrafértil, para suplicar que acojas a este Reparado eternamente y lo cobijes bajo la piedra de tu memoria, así como a los muertos que produjo en vida y en muerte.

Rumbo a la cabaña Chona contó que la primera muerte violenta, en épocas remotas, se realizó de manera similar: una apedreada que atestiguó el hijo de la víctima.

Aquel hijo, a quien le arrebataron a su padre, fue el primer hombre que invocó a Tierrafértil y sus Dioses de la Venganza. Así clamó por el retorno de su padre difunto, asesinado injustamente. De ahí surgió el primer Reparado que se cobró un agravio, y ese era el motivo por el cual Chona Sabina honraba el pasado espiritual, mediante este rito en el que se solicita, a pedradas, la entrada de un alma traqueteada al otro mundo.

Recuerdo que Mamá Titsa incluyó en su letanía la petición de guardar en la memoria de la tierra el recuerdo de las víctimas y las atrocidades de la Guerra. La idea era preservar la historicidad de los hechos para no repetirlos en el trasvase de las almas futuras.

Xavier G

Capítulo 20
La astilla

Who controls the past now, controls the future.
Who control the present now, controls the past.
George Orwell

Me levanté tarde, luego de un baile de lecho con Láila y la Xóchitl. Usé unas pinzas para desenterrar mi tabique y, gracias al pozolito glauco con carne de Vesusqui que preparó el Paisa, mis heridas sanaron casi en su totalidad. De pronto sentí una punzada terrible en el pecho que por poco me doblega.

No podía respirar. Corrí hacia las escaleras que conducían a la azotea. Ascendí de prisa y una nueva punzada apuñaló mi corazón.

Al salir a la intemperie di un gran respiro y tosí como si mis pulmones se hubieran encabronado con el oxígeno. De nuevo vino el desgarre: no era una incisión, sino la extracción de una astilla clavada.

Sobrevino el llanto silencioso y vi el rostro de la Chula. Descanse en paz, pensé, y el llanto me fue abandonando, poco a poco, como si la astilla hubiese sido el obstáculo que impedía el sangrado definitivo de mi corazón muerto. Mi boca paladeó el sabor de la venganza consumada, una venganza hermana de la venganza primigenia. Descanse en paz, mi Chula Estrada. A esa venganza se refería Chona Sabina: eso era lo que yo traía atorado en el pecho. Con Plutarco Galván doblemente muerto, la deuda estaba más que saldada, *carne de mi carne*. Ya podía guardar el luto respectivo como se debe. A la fulana de la Estrella del Norte se le iba a borrar mi autógrafo, ¿qué no?

La turbulencia del cielo compensaba mi agobio. Las nubes, panzonas, soltaron su chorro de orines sobre Agujero de Nadie: ¿qué habría de germinar, ahora, en sus campos? Llovía por dentro y por fuera de mí mismo, y recordé las palabras de Chona Sabina: "la naturaleza llorará por nosotros". Apenas acomodaba la vista en una nube con forma de hoja de Glauca cuando sonó el timbre de mi dispositivo:

- Hola, Gabriel –apareció la Chichiolina–, interrumpí mis vacaciones pa´ resolver un pendiente. Enciende el altomonitor pa´ que veas.

- No te hubieras molestado, Chichi. Ya has superado mis expectativas.

- El círculo está cerrado –dijo–, te veré en unos días. Cambio y fuera.

Bajé a la sala de juntas y encendí el altomonitor. Solo llamé al Tícher y al Ciencia Cierta pa´ que contemplaran el cierre de los asuntos glaucos, pues el Corona andaba en Selva del Cielo, reparando al comandante Juan Saturnino Gaviota. La Videopibe Mayor apareció a cuadro:

– Esta mañana, en un enfrentamiento sin precedentes, Socios del Clan Glauco tirotearon a los Gordos, una banda de criminales que operaban como sicarios bajo las órdenes de Romina Jáuregui, Directora del Penal Transparente. Los Gordos utilizaban armas y vehículos oficiales de uso exclusivo del penal con los que perpetraron decenas de robos y secuestros para financiar las operaciones de los Vesusquis. En el operativo, dirigido por el teniente Andrés Guardado, y respaldado por Dani Rebolledo, alias "la Chichiolina", decenas de reos fueron sometidos y otros más murieron resistiéndose al arresto, entre ellos la directora del penal.

– ¡A güevo! –dije–, el Clan Glauco no deja cabos sueltos.

– ¿La Chichiolina? –preguntó el Ciencia Cierta–, ¿no estaba de vacaciones?

– No hay vacaciones para los Glaucos, compa – intervino el Tícher.

– Aquí podemos contemplar los destrozos provocados por la balacera –continuó la Videopibe–, mientras tanto, el alcalde, Panucho Beodo, sigue sin comparecer ante el juzgado y ha sido declarado prófugo de la justicia. El Órgano de Vinculación Internacional de Agujero de Nadie se está coordinando con las corporaciones judiciales de otros países para dar con el paradero del edil. Por otra parte, los Meninas han manifestado su interés en que se designe un Alcalde sustituto. Se rumora que pronto habrá reuniones para redefinir el rumbo político de Agujero de Nadie.

– Como siempre –dije–, nadie se acuerda del Alcalde hasta el mero final, cuando ya ahuecó el ala.

Capítulo 21
Moridero

¡Alto ahí! ¡Que nadie se muera!
María de Guerra

Tuve que sacar a Láila y a la Xóchitl de mi polvosa habitación. El luto iba en serio. El apetito no me respondía: lo espiritual chocaba con lo carnal. Como los Socios celebraban en la Estrella del Norte, tuve que aceptar la invitación de los Meninas y presentarme en la sala de enfermos terminales del hospital Gonzo Pilato. El edificio, creado con la inversión de los Meninas, homenajeaba al Socio caído. Un hospital era necesario, pero también hará falta un cementerio más grande pa´ enterrar los restos de los Vesusquis, wachos y policías que murieron en Selva del Cielo.

Solo tenía que explicar a los desahuciados lo que era morir, y les dije la neta, que la muerte y la vida están fundidas. Son una sola cosa. La diferencia es que al entrar en la muerte, o cuando la muerte entra en uno, todos los pensamientos y acciones están destinados al Todo.

Así uno abandona la soledad y vive acompañado eternamente por el Todo.

Dije, al final, que a veces es necesario morir pa´comprender el mundo de los vivos.

Había Videopibes en el hospital y era una buena oportunidad para acercar las obras pías del Clan a los agujerenses. Acompañado por un Menina y el director del área de tanatología, hice frente a las preguntas lanzadas por los enfermos, quienes querían saber más sobre las hazañas del Clan, las mujeres con las que me había revolcado y la vida laboral en Selva del Cielo. La Videopibe también me tenía un par de preguntas reservadas:

- ¿Se considera usted una buena persona? ¿Por qué arriesgar la vida, no solo la suya sino también la de sus Socios, por qué arriesgarla e invertir tantos recursos en una Guerra?

- Todo lo que soy está decidido desde la muerte. Pude haber sido un hijo de la chingada mientras estuve vivo, pero tampoco puedo decir que me he convertido en un ángel. Mi conclusión es que no soy ni bueno ni malo, antes todo lo contrario. Ahora, ¿por qué arriesgar el pellejo? Muy sencillo: pues pa´ que haya gente poblando la tierra, pa´ que haya vivos que entierren a sus muertos. Solo los muertos pueden ganar la batalla contra el tráfico de Supracoína. Solo los muertos pueden ganar la Guerra contra el crimen organizado.

Capítulo 22
Finis coronat opus

Hasta eso: los Meninas me trataban bien. Me traían en limusina, como toda una superestrella de la muerte. Pedí al chofer que me llevara a la Estrella del Norte, donde me aguardaba la carroza. Al apearme de la limusina me recibió el Tícher, quien hacía de mi escolta, ya que el Corona Esteroides andaba de luna de miel con Juan Saturnino. En cuanto subimos al vehículo mortuorio el Tícher anunció:

— Los Socios se están divirtiendo a lo bestia, don Gabriel, dicen que una mujer anda presumiendo su autógrafo, una hoja de glauca envuelta en alambre de púas. Es una dama de buen ver. Yo que usté me regresaba a saludarla.

— Estoy de luto –respondí–, me guardaré por un rato. Dile al chofer que haremos una parada de emergencia en la delegación.

— Claro que sí, don Gabriel.

El chofer se desvió de la ruta. En menos de dos minutos ya estacionábamos la carroza a la entrada de la comandancia. Había dos gendarmes apostados en la entrada. Bajé de la camioneta, acompañado por el

Ciencia Cierta, y con solo vernos los gendarmes se cuadraron.

- Buenas tardes, señor Villa –dijo uno de los polizontes, extendiéndome su mano.

Le devolví el apretón y percibí bondad y agradecimiento. Luego del apretón quedamos frente a frente y noté que el otro polizonte se mostraba hosco, como escondiéndose en su propia sombra.

- ¿Y usté no me saluda, oficial? –pregunté–, ¿o sí?

Un silencio se alargó durante unos segundos hasta que el fulano extendió su mano. Le di un apretón fuerte y mi detector de basura palpó sus malas intenciones. Le torcí el brazo y dije al otro:

- Espósalo, es un polizonte corrupto.

- ¿Cómo está tan seguro, señor Villa? – cuestionó el oficial.

- Más sabe el muerto por muerto, que por sabio. Usté sí es un buen elemento. Haga lo que le digo.

El polizonte obedeció la orden y se dispuso a conducir al fulano hasta su celda, pero lo interrumpí:

- Casi lo olvidaba. Dile al teniente Guardado que hace falta una limpia de policías. Quiero que tú te encargues de eso. Si tiene alguna duda dile que se comunique.

Finalmente se retiró con el preso y me asaltó un sentimiento de aguacero. Me desabroché la bragueta del pantalón y dirigí el chorro de orines a una placa que rezaba "Trabajamos por tu seguridad". El líquido amarillento escurrió por el letrero, desembocó en el suelo y se extendió por una cuadrícula de surcos. El orín despedía un vaho saturado y agrio, mientras anegaba la cuadrícula del pasillo de entrada a la comandancia, como agua bendita que borra el pecado de las instituciones. De pronto sonó mi dispositivo. Su timbre musical sobresaltó al Ciencia Cierta:

- No te me asustes, Ciencia Cierta, es la canción de moda.

Antes de subir a la carroza vi a un borracho que se contoneaba al ritmo de la rola y, de vez en cuando, si la ebriedad se lo permitía, tarareaba el estribillo del corrido:

> Villa chingó a los Vesusquis
> madrugó a Plutarco Galván,
> sin usar su Tararera
> mató después de matar

172

Sobre el autor
Xavier G

Nació en Tijuana, Baja California, México, en 1973. Es licenciado en Comunicación y pasante de la licenciatura en Lengua y Literatura Hispanoamericana por la Universidad Autónoma de Baja California. Ha colaborado en distintos medios y publicaciones, entre ellos H para hombres, Letras Libres y Latin American Literature Today. Obtuvo el primer lugar en el género de cuento y el tercero en poesía en el 1er. Concurso Literario del Noroeste CECUT-SOGEBAC en 1995. Con su novela *Esto es*

*lo que pienso de t*i ganó el primer lugar en el Concurso Literario del Noroeste Abigael Bohórkez en 1996. Obtuvo el XXI Premio Nacional de Cuento Fantástico y de Ciencia Ficción en 2005 y el 3er. Lugar en el 5to. Virtuality Caza de Letras-UNAM en el género de crónica en 2011. Ha publicado los libros *Esto es lo que pienso de ti* (CNCA-CECUT-SOGEBAC, 1996), *Ficciones de carne y hueso* (Altanoche, 2008), *Muerto después de muerto* (Abismos, 2013; 2da. edición 2018). Su novela más reciente, *Génesis Tres Dieciséis*, es una metáfora de ciencia ficción en torno a la lucha contra la misoginia y los feminicidios.

Epílogo: Autopsia de Gabriel Villa

Por Andrew R. Holzman

¿Quiénes podrían ganar la guerra contra el narco? ¿Qué historias hay que contar sobre el narco? De cara al agotamiento del género de la narconovela en la que todas las posibles historias parecen haber sido contadas, y al escaso éxito de las estrategias de resistencia contra el crimen organizado en México, descodificar estas interrogantes es primordial para el escritor, Xavier G, a lo largo de su novela corta *Muerto después de muerto*, cuya primera edición se publicó en 2013. Para resolver el enigma anterior, su protagonista narcozombi, Gabriel Villa, concluye: "Solo los muertos pueden ganar la batalla contra el tráfico de Supracoína [una superdroga similar al fentanilo]. "Solo los muertos pueden ganar la Guerra contra el crimen organizado" (Xavier G, 98). Esta cita coincide con la obra *Leviatán,* de Thomas Hobbes, la cual postula que solamente cuando morimos podemos ser éticos y sustraernos de la lógica ubicua del cálculo, la competencia y el poder, y argumenta que "un perpetuo e interminable deseo de poder tras poder que sólo cesa con la muerte" caracteriza a los seres humanos (Capítulo XI). Además, Hobbes sostiene que el "miedo continuo y peligro de una muerte violenta" es el principio de aglomeración de la sociedad civil o colectiva (Capítulo XIII). Siguiendo esta última línea para refutarla, el miedo colectivo a represalias que impera en México, en mayor parte sustituye, aplasta y paraliza la verdadera voluntad colectiva. Asimismo, el neoliberalismo ha mediatizado la muerte como un asunto individual, en vez de colectivo, para parcelarla y presentarla como un hecho aislado (uno en Ecatepec, otro en Culiacán), esto, como parte de una estrategia para erosionar el deseo colectivo y sustituirlo con el miedo colectivo. Para ejemplificar lo anterior, se podría traer a colación el caso de los estudiantes de cine de Jalisco que fueron disueltos en ácido, y cómo este evento suscitó la afirmación y defensa colectiva de que "No somos tres, somos todxs". A tenor de lo anterior, sitúo al narcozombi Gabriel como una suerte de salvador todopoderoso que muere y resucita para posibilitar la solidaridad e interconexión humanas. Se desestima el énfasis en Gabriel como individuo para ceder paso a una forma colectiva, una cultura común y multitudinaria que no teme la muerte. Esto no significa que tenga que llegar un mesías o tenga que haber un sacrificio, pues el narcozombi Gabriel Villa opera como recurso y vehículo para repensar el cuerpo y ponernos de cara a una humanidad perdida y atrapada en la lógica del cálculo/intercambio. La muerte del capo Gabriel debida a una traición organizada por uno de sus súbditos y su resurrección lo emancipan del imperativo del cálculo y la competencia porque ya no tiene nada que perder, ni tiene aspiraciones de inmortalidad; no puede corromperse más porque el dinero ya no tiene valor para él. No obstante, el colapso del ámbito colectivo nos impulsa a vislumbrar residuos de organización colectiva en la vida real, como el uso de las redes sociales para alertar sobre las balaceras, por nombrar solo un ejemplo. Esto sugiere que aún existen rasgos de esta colectividad y solo faltaría rescatarla y movilizarla.

Muerto después de muerto engancha al lector porque vincula tanto la fascinación de los zombis en la cultura popular con el deseo morboso del público de conocer las entrañas de los cárteles de la droga y termina por desmantelar la alabanza al narco y las concesiones otorgadas por la narcoliteratura comercial a esta forma de crimen organizado. Esta novela, la cual considero como la primera narconovela totalizadora, sobresale en el campo literario por su capacidad de retratar la organización compleja de los cárteles de la droga y su colonización de todos los aspectos de la sociedad mexicana. Además, activa la ficción para caricaturizar al capo rival Plutarco Galván y sus hombres, con la finalidad de develar otros aspectos del narco y derrumbar las ficciones que han surgido sobre los cárteles, lo cual constituye el primer paso para militar contra ellos. El título es un juego de palabras, cuya primera acepción deriva de la aparición incesante y torrencial de muertos en Tijuana, debido a la militarización durante el sexenio de Calderón que irreductiblemente ocasionó enfrentamientos entre narcos y militares. La segunda dimensión del título se refiere a una persona que muere continuamente, pero que a través de la muerte continúa humanizándose. Este es el caso del protagonista y capo Gabriel Villa, quien se transmuta en narcozombi, al ser resucitado con la ayuda de la curandera Chona Sabina, después de que uno de los miembros de su cartel lo traiciona, o como se dice en México, "lo pone" para que "le den muerte". El hecho de ser un narcozombi dota a Gabriel con un discernimiento sobrenatural, pues puede olfatear a un narco rival o identificar a un policía o funcionario corruptos, y puede chupar la sangre de los hombres para librarlos de los efectos de una droga, o evitarles una sobredosis. Es digno de destacar que el narcozombi solamente devora la carne de los sujetos corrompidos por "el dolo" y deja en paz a los inocentes.

Una lectura cuidadosa del personaje Gabriel Villa invita a hacer una comparación sugerente con el difunto líder de las autodefensas, José Manuel Mireles: ambos eran hombres iconoclastas que dieron la cara por el pueblo, en zonas en las que el gobierno mexicano había abdicado su compromiso de velar por la seguridad de sus ciudadanos. Además, ambos eran muy adeptos a explotar los medios de comunicación para diseminar sus ideas. Ambos representan arquetipos del hombre de rancho, por su uso de sombreros, su uso de jerga y doble sentido, su manejo de armas y su don de conquistar a las mujeres. No obstante, persisten algunas diferencias fundamentales entre los dos, a pesar de que ambos se preocupaban por restaurar la voluntad del pueblo. Por ejemplo, mientras Mireles, por su inclinación humana a buscar reconocimiento, estaba empeñado en establecer su visibilidad en los medios para cultivar su imagen mítica y narcisista como revolucionario, además de defender su causa a nivel local; Gabriel Villa nos sensibiliza, presentándonos una cornucopia de problemas que el narcotráfico ha producido a nivel global, con énfasis marcado en la degradación del medio ambiente y el detrimento de la salud. Por esta razón, en la novela, el clima se descontrola y la selva se ensancha, amenazando con invadir el espacio urbano. En este aspecto radica la diferencia más prominente entre los dos: Mireles era patriarcal y reforzó los dogmas masculinos, al igual que los revolucionarios cuya fidelidad a los principios de cambio social se desvirtuó por su entrega a las tentaciones carnales en *Los de abajo* (1915) de Mariano Azuela. En cambio, Gabriel Villa es una figura matriarcal que busca una comunión entre cuerpo, alma y tierra, y existe gracias a la inyección de la "Intravida", dada por la curandera Chona Sabina. Es a través de Chona Sabina que el lector puede dar cuenta de la manipulación de los conocimientos ancestrales mágicos para proteger la selva y ayudar a Villa a cumplir sus objetivos. Por esta razón, el cártel rival, conocido como los *Vesusquis*, tiene la consigna de capturarla. Contrario a Mireles, quien fue traicionado por el gobierno federal y encarcelado, Gabriel evita otra traición y se libra de pisar la cárcel gracias a que puede descubrir una conspiración en su contra a partir del tacto o el olfato, y también con base en las tecnologías y estrategias de resistencia que pone en juego. Esto le permite proteger a Chona Sabina.

Debido a que los medios de comunicación han generado tanta desinformación, hay muchos detalles sobre Mireles que no se pueden corroborar. De la misma manera, en el texto no hay evidencia acerca de la vida anterior de Gabriel, no se sabe por qué se le considera miembro de un cártel de narcotraficantes, ni se sabe cómo se inicia su contacto con Chona Sabina. Esto demuestra lo difícil que es aprehender la verdad de cara al bombardeo mediático. Como aduce Esquilo, "En la guerra, la verdad es la primera víctima".

Las narconovelas comerciales soslayan mayormente los daños colaterales de la Guerra contra el narcotráfico, en particular, la matanza de los oficiales que se resisten a la corrupción, los inocentes muertos en fuegos cruzados y los socios menores del crimen organizado que perecen por ocuparse de las peleas de sus jefes para que éstos no tengan que arriesgarse. El texto se niega a reducir estas bajas a sacrificios humanos requeridos para triunfar en la Guerra contra el narco, pues frecuentemente trae a colación el asunto de "duelos pendientes" (Xavier G, 20). A luz de lo anterior, Gabriel adopta una ética de no abandonar a los suyos, prescinde de la estructura jerárquica del cártel y se encarga personalmente de ajustar cuentas con los que lo han traicionado o que han ultimado a alguno de sus socios. Debido a esto, oficiales de la policía y empresarios buscan aliarse con Gabriel porque el gobierno nunca cobra la deuda de sus muertes y secuestros. Esta ética, y la primacía del rigor de la ley, por ejemplo, atraen a un carcelero que desea engrosar las filas del cártel narcozombi. No obstante, Gabriel no permite que el carcelero se una a él porque reconoce el papel indispensable del buen servidor público, el que es fiel a la voluntad del pueblo: "Gente de acción es lo que necesitará el pueblo con la guerra que se nos viene" (Xavier G, 75). De hecho, el autor no cae en la trampa de valorar al narco como una empresa enteramente buena o mala, ni encumbra a Gabriel como superhéroe intachable. Esta reticencia entorpece el juego del narco que consiste en justificar su existencia a través de un par de obras caritativas en el pueblo para tratar de tapar un sinnúmero de daños y muertes.

Otra virtud de esta novela es la articulación de la dialéctica rural/urbana en el narcomenudeo y su anticipación al tema de la *superdroga*. Contrario a otras novelas que proyectan el espacio como un lugar de tránsito sin importancia en el devenir del país, los espacios urbanos y rurales se encuentran bien desarrollados y registran la adulteración del espacio rural con el advenimiento del narco. La acción oscila entre la ciudad Agujero de Nadie y el rancho Selva del Cielo. Entre estos espacios complementarios se trafican dos drogas: la Glauca y la Supracoína. En la invención de estos nombres subyace la naturaleza arbitraria de la asignación de conocimiento sobre estas drogas, o bien, la apertura textual que les permitiría ser reinterpretadas para aludir a drogas futuras. En esta novela, la Glauca tiene un uso ceremonial, mágico y medicinal, se le considera como una yerba sagrada. No obstante, los Vesusquis la alteran para generar adicción, además de crear efectos de alucinación y envenenamiento. Debido a esto, Chona Sabina y Gabriel se esmeran en proteger los usos tradicionales de la Glauca y se enemistan con los Vesusquis y el Alcalde, quienes obstaculizan su legalización porque ambos se benefician inmensamente de su adulteración y monopolio en la economía subterránea de las drogas, así como de la distribución y venta de Supracoína. Cabe mencionar que Gabriel y su cártel no venden droga durante el transcurso de la novela y el Alcalde siempre está ausente, ratificando el ascenso de Plutarco y los Vesusquis para vender Supracoína. La Supracoína es una *superdroga* altamente adictiva, comparable con el fentanilo en la vida real, ya que se inyecta en las venas, revienta los vasos sanguíneos y produce una serie de sobredosis dentro del cártel de Gabriel. Aunque otras obras distancian el consumo de drogas de los cárteles, esta obra señala el consumo entre los mandos bajos de los cárteles, lo cual parcialmente explica su envalentonamiento y la irracionalidad detrás de sus acciones.

La novela tiene una clara intención de entretener al lector para que su experiencia de lectura sea amena frente al terror que reina a lo largo del texto. Al retirar las láminas de humor y picardía, se observan sus enseñanzas más potentes. Por ejemplo, cuando

Gabriel se acuesta con Láila, irrumpe un juego de doble sentido en la narración que literalmente alude a la rigidez cadavérica y su erección, pero despierta al lector a la humanización y afectividad que adquiere Gabriel a través de su muerte: "Por eso, mujer—le recordé—, cuando uno está muerto es cuando más rígido se pone. Aunque me veas así, no estoy tan deshumanizado" (Xavier G 38). Tal lectura produce un efecto peculiar, "como [de] vivir dentro de una alegre película de terror, comiendo palomitas al mismo tiempo" (Xavier G, 53). Mediante el humor, esta metáfora transporta al lector al México contemporáneo en el que el sujeto se reduce a un espectador y consumidor de la violencia. Por ello, en su periplo por el texto, el lector accede a un abanico de emociones que van desde la indignación y la impotencia hasta la tristeza y el empoderamiento.

Para captar la esencia de la novela, es necesario tener presente la lámina intertextual del samurái que inspiró al autor para construir al personaje principal, que es Gabriel. A pesar de su brevedad prosística, el autor nos regala una impresionante densidad intertextual. Entre estos textos, nos topamos con el *Hagakure* o el manual de conducta del samurái, cuya vida se mide a través de su intensidad y valentía. En esta guía espiritual, se ilustra: "Si preparando correctamente el corazón cada mañana y noche, uno es capaz de vivir como si su cuerpo ya estuviera muerto, gana libertad en El Camino. Su vida entera estará sin culpa y tendrá éxito en su llamado". Y aquí retomo los cuestionamientos que hice al principio de este prólogo: Debido a que el miedo a la muerte ya no gobierna sus acciones, y no las contrapesa con la lógica de riesgo/recompensa, Gabriel puede enfocarse en su proyecto de erradicar la corrupción. De cara a la putrefacción de las instituciones en el presente, el código del samurái no da otra opción que posar la mirada en el futuro. De la misma forma, *Muerto después de muerto* emerge como un manual para desmitificar y montar resistencia contra el narco, evitando el desvío de atención y la desinformación generados por las expresiones culturales actuales que construyen apologías en torno a este tipo de figuras, inmortalizan a sus capos y hacen cundir el pánico mientras revisten la "cultura de la corrupción".

Andrew Holzman

El autor es doctor en literatura mexicana por la Universidad de Nebraska-Lincoln. Su tesis de doctorado titulada "Carne viva: la otra narconovela mexicana" se centra en examinar artefactos literarios que generan un discurso contestatario y un nuevo acercamiento a la representación del cuerpo frente a la proliferación de la narcocultura. Actualmente, funge como profesor en la Universidad de Denison en Ohio. Tiene un artículo titulado "Rick Bayless como vampiro cultural en la teleserie 'Mexico: One Plate at a Time'", sobre la apropiación cultural de la comida mexicana en los Estados Unidos, y otro titulado "Masculinidades precarias de la policía en *Juan Justino Judicial* (1996)", sobre la masculinidad precaria de los policías mexicanos de rango menor, los cuales fueron publicados en las revistas académicas *Norteamérica* y *Confluencia*, respectivamente. Su interés en el narco y la criminología nace de varios viajes realizados al norte de México, además de su experiencia trabajando como intérprete/traductor en una cárcel por casi una década. Ha expuesto su trabajo en congresos en Tijuana, la Ciudad de México y California.

MUERTO DESPUÉS DE MUERTO, de Xavier G, se terminó de editar en septiembre de 2022 en la ciudad de Tijuana. Se imprimieron 200 ejemplares.